SAUERLÄNDER

Frank Schmeißer lebt in Köln und arbeitet seit Jahren als renommierter Drehbuchautor u. a. für ›TV Total‹, ›Stromberg‹, ›Hilfe! Hochzeit! – Die schlimmste Woche meines Lebens‹, Ralf Schmitz und ›Elton TV‹. Seit einigen Jahren schreibt er auch Kinderbücher, die mindestens ebenso witzig sind wie die Comedy-Sendungen im Fernsehen.

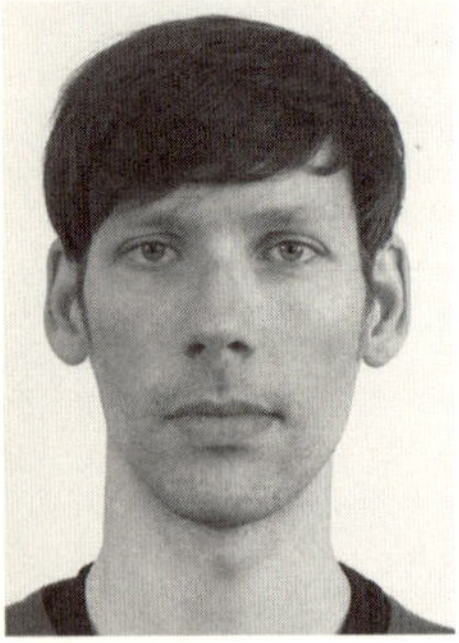

Jörg Mühle geboren 1973 in Frankfurt a. M., studierte an der Hochschule für Gestaltung in Offenbach und an der École Nationale Supérieure des Arts Décoratifs in Paris. Seit 2000 arbeitet er als selbstständiger Illustrator.

Weitere Informationen zum Kinder- und Jugendbuchprogramm der S. Fischer Verlage finden sich auf *www.blubberfisch.de* und *www.fischerverlage.de*

Frank Schmeißer

Allein unter Dieben

Wer nicht klaut, bleibt dumm

Mit Bildern von Jörg Mühle

SAUERLÄNDER

MIX
Papier aus verantwortungsvollen Quellen
FSC® C083411
www.fsc.org

Erschienen bei FISCHER Sauerländer

Hedderichstr. 114, D-60596 Frankfurt am Main
Covergestaltung: Michael Schriewersmann, MT-Vreden,
unter Verwendung einer Illustration von Jörg Mühle
Satz: Dörlemann Satz, Lemförde
Druck und Bindung: CPI books GmbH, Leck
Printed in Germany
ISBN 978-3-7373-5353-3

KAPITEL 1

Im tiefsten Schlamassel! Mal wieder

Meine Sommerferien
von Eduard Käsebier

Eigentlich wollten wir nur Urlaub machen. Eigentlich wollte ich keine Verbrechen begehen. Eigentlich. Aber natürlich kam alles ganz anders, und natürlich konnte ich wirklich nichts dafür.

Man sagt ja, dass Verbrecher, die ehrlich werden wollen, den Kontakt zu anderen Kriminellen abbrechen müssen. Denn wenn man viel Zeit mit Verbrechern verbringt, ist die Wahrscheinlichkeit groß, dass man selber einer wird.

Das ist theoretisch ein guter Rat. Nur nutzt er mir praktisch nichts, denn die Verbrecher, mit denen ich jeden Tag ziemlich viel Zeit verbringen muss, sind meine Eltern, meine Oma und mein Bruder. Ja, meine ganze Familie besteht nur aus Verbrechern. Und das schon seit Jahrhunderten.

Alle meine Verwandten sind darauf superstolz.

Auf mich ist niemand stolz. Ganz im Gegenteil. Ich gelte als Schande der Familie, weil ich vor kurzem ehrlich geworden bin und versuche, keine Straftaten zu begehen. Ich will kein Meisterdieb mehr sein. Aber ich war mal einer. Zumindest glaubte das meine Familie, und im Vergleich stimmte das vielleicht sogar. Denn mein Bruder ist supertollpatschig, so dass es bei ihm höchstens zum Meistertrottel reicht und man immer ein Auge auf ihn haben muss, damit ihm kein dämliches Missgeschick passiert.

Und mein Vater bekommt Nasenbluten, wenn er etwas stiehlt, was im Hinblick auf Spuren am Tatort natürlich nicht sehr hilfreich ist.

Trotzdem sind sie schuld, dass ich in Amerika fast im Gefängnis gelandet wäre, obwohl ich gar nichts angestellt habe. Also, fast nichts. Aber es war überhaupt keine Absicht von mir, in die Freiheitsstatue einzubrechen. Und dass ein Polizist k. o. ging und zu Oma ins Bett musste, war auch nur reines Pech.

Und es fing vor ein paar Wochen ja auch alles total harmlos an. Und zwar mit einem Anruf.

KAPITEL 2

Ein äußerst überraschender Anruf

Unser Telefon klingelte. Vielmehr schepperte es, denn unser Telefon ist uralt. Es stammt aus einer Zeit, als man Telefone noch Fernsprecher nannte und man immer damit rechnen musste, auf dem Weg zur Schule von einem Neandertaler verhauen zu werden.

Der Hörer hatte sogar noch ein Kabel. Was bedeutet, dass wir uns neben das Telefon in die Küche setzen müssen, um zu telefonieren. Was natürlich blöd ist, weil die ganze Familie immer mithören kann. Vor allem, weil wir sehr laut in den Hörer schreien müssen, damit man uns am anderen Ende der Leitung verstehen kann. Deshalb beginnen unsere Telefonate immer mit dem folgenden Satz: »HALLO! VERSTEHEN SIE MICH? BITTE BRÜLLEN SIE AUCH INS TELEFON! SONST KANN ICH SIE NICHT VERSTEHEN! UNSER HÖRER IST KAPUTT!!!«

Außerdem können wir nur Menschen anrufen, deren Telefonnummer keine 4 enthält. Vor vielen Jahren ist die Taste mit der 4 nämlich einfach abgefallen, und mein dämlicher verfressener Bruder hatte sie für eine Schokopraline gehalten und verspeist.

»Kein Problem, morgen ist die 4 wieder da, und wir können ganz normal telefonieren«, hatte mein Vater damals verkündet. Was meine Oma angewidert ablehnte.

»Ich drücke doch nicht auf etwas, das jemand ausgekackt hat!«, meckerte sie.

Aber das musste Oma dann auch gar nicht.

Die Taste ist bis heute nicht mehr aufgetaucht. Ob mein Bruder sie komplett verdaut hat oder ob irgendwo in seinem Darm eine Vier darauf wartet, gedrückt zu werden, das weiß ich nicht.

Das Telefon schepperte weiter.

Ich war alleine zu Hause und hatte keine Lust, ranzugehen. Es waren Sommerferien. Ich hatte das ganze Schuljahr hart gearbeitet und im zweiten Anlauf tatsächlich die fünfte Klasse geschafft.

Worauf ich deutlich stolzer war als meine Eltern. Die schimpften mich aus, weil ich so wenige Fehlstunden, nur noch eine 5 und gar keinen Sechser auf dem Zeugnis hatte.

»Nur eine 5! Und das auch noch in Religion! Einem völlig unwichtigen Fach! Wenn er die 5 wenigstens in Mathematik hätte oder Deutsch! Aber so …«, meckerte Mama verzweifelt, während Papa mir zu Strafe für das gute Zeugnis mein Taschengeld bis Ende des Jahres strich.

Aber das war mir egal. Ich freute mich über mein Zeugnis, lag gemütlich in meinem Bett und genoss die Ruhe, die bei uns eingekehrt war, seit Oma unsere Verwandten in den USA besuchte.

Der Anrufbeantworter sprang klackend an.

»Guten Tag! Dies ist der Telefonanschluss der Käsebiers«, dröhnte Papas Stimme aus dem Anrufbeantworter.

»Mama Käsebier«, sagte Mama.

»Papa Käsebier«, sagte Papa.

»Sohn Nummer 1 Käsebier«, sagte mein älterer Bruder stolz, der sich etwas darauf einbildete, schon vierzehn Jahre alt und damit ein Jahr älter als ich zu sein.

»Sohn Nummer 2 Käsebier«, sagte ich, weil ich sonst keinen Nachtisch bekommen hätte.

»Frau Käsebier«, blökte Oma.

»Stopp! Falsch! Es heißt *Oma* Käsebier«, unterbrach Papa.

»*Oma* sage ich nicht. *Oma* klingt alt«, sturkopfte Oma.

»Zum zehnten Mal: Halt dich bitte an den Text, den Klaus geschrieben hat«, meckerte meine Mutter.

Klaus ist mein Vater, auch wenn Oma ihn immer nur *ein gewisser Trottel* nennt.

»Niemals.« Oma blieb stur, und Mama verdrehte wieder ihre Augen. Das hörte man zwar nicht, aber man konnte es spüren.

»Ich wollte damit doch nur zeigen, dass wir eine echte Familie sind. Mama, Papa, Kinder, Oma«, quengelte Papa.

Oma lachte höhnisch auf und zischte: »Wir sind keine Familie. Wir sind eine Schande.«

»Gut«, gab Papa auf, und man hörte ein rhythmisches Kratzgeräusch. Offensichtlich massierte er seine Schläfen. »Wenn du das so siehst!«

»Und außerdem will ich noch: *Wir sind nicht ehrlich, egal was die Leute behaupten. Wir sind Verbrecher!* sagen.«

»Du willst auf den Anrufbeantworter sprechen,

dass wir Verbrecher sind?«, fragte Mama ungläubig nach.

»Allerdings!«, sagte sie dann. »Ich will, dass die Leute aufhören, mir in der Stadt Komplimente zu machen, weil ich angeblich eine vorbildliche Bürgerin bin. So eine Frechheit! Nur weil wir letztens diesen dämlichen Diamantendiebstahl verhindert haben. Das muss aufhören. Wir Käsebiers sind seit Generationen Verbrecher und stolz darauf! Und das muss jetzt jeder wissen!«

»Ich bin kein Verbrecher mehr!«, rief ich dazwischen!

»Leider!«, rief meine Familie im Chor.

Dass ich ehrlich geworden bin, ist für meine Familie ein herber Schlag. Vor allem, weil ich als der begabteste Kriminelle der Familie galt.

Aber damit ist Schluss. Ich bin ein ehrlicher Mensch geworden. Ich gehe zur Schule, mache meine Hausaufgaben und verzichte aufs Abschreiben.

»So! Mir reicht es! Wir lassen die verflixte Ansage jetzt so, wie sie ist!«, keifte Mama aus dem Anrufbeantworter.

Dann ertönte ein langer Piep, und die Aufnahmezeit war abgelaufen.

Ein paar Sekunden später ertönte wieder Omas Stimme. Oma rief aus Amerika an, und scheinbar hatte die lange Reise sie kein bisschen milde gestimmt. Sie klang genervt wie immer.

»Ich bin es. Ihr müsst nach New York kommen. Sofort! Wir planen hier ein … eine große Überraschung. Bei der wir euch angeblich unbedingt brauchen.«

Klack. Piep. Ruhe.

Ich setzte mich auf. New York? Überraschung? Von wegen Überraschung … Die Käsebiers planen keine Überraschungen. Die Käsebiers planen Einbrüche oder Diebstähle. An deren Ende wir immer völlig unüberraschend erwischt werden. Oma plante einen Coup, ein ganz großes Ding. In New York – der berühmtesten und größten Stadt Amerikas. Ganz sicher. Und zwar zusammen mit dem amerikanischen Teil unserer Sippe – den Cheesebeers. Und jetzt wollte Oma uns alle in diese Sache mit reinziehen.

KAPITEL 3

Warum nur? Warum?

»Wir reisen also allen Ernstes Oma hinterher?«, fragte mein Vater fassungslos, während er unsere Koffer durch den Flughafen schleppte. Früher hatten unsere Koffer Rollen, aber die hatten Papa und Franz abgeschraubt, weil sie sie für eine ihrer Erfindungen brauchten. Diese Erfindung, ein ferngesteuerter Einbruchsroboter, hatte sich dann leider schon beim Testlauf selbständig gemacht. Erst hatte er sich wie irre im Kreis gedreht, dann boxte er Papa in den Bauch, fuhr über Franz' dicken Zeh, und schließlich versenkte er sich selbst im Baggerloch um die Ecke.

»Ja«, sagte Mama gedankenverloren. Sie studierte gerade die große Leuchttafel, auf der die Abflüge angezeigt wurden.

»Aber warum? Warum nur?«, ächzte Papa.

Papas Einwand war verständlich.

Eigentlich waren wir alle froh, dass Oma mal weg war. Mein Vater ganz besonders. Oma konnte ihn nicht leiden, weil er so ein miserabler Verbrecher war.

»New York, Klaus! New York! Ich war noch nie in New York!«, jubelte Mama. Ihre Augen strahlten.

»Ich war auch noch nie in einem Löwengehege. Vielleicht sollten wir da als Erstes mal hin«, grummelte Papa.

»Hör auf zu meckern. Wir werden eine tolle Zeit haben!«

Mama stupste Papa, und Papa musste lächeln. Etwas krampfig zwar, aber immerhin das erste Mal seit Tagen.

Nachdem Mama nämlich unser ganzes Geld in Flugtickets investiert hatte, hing der Haussegen bei uns schief. Ein bisschen zumindest. Eigentlich hatte Papa das Geld nämlich in unsere Zukunft investieren und seine Werkstatt für lebensgefährliche und unsinnige Erfindungen aufrüsten wollen.

Jetzt sah Papa uns streng an. »Egal, was für eine Überraschung in Amerika auf uns wartet, wir werden keine Straftat begehen. Also, keine schwere. Nur so Kleinkram. Die Gefängnisse in den USA sind nämlich absolut kein Spaß!«

Nachdem wir unser Gepäck aufgegeben hatten, marschierten wir gleich weiter zum Check-in. Hunderte von Menschen standen in mehreren Schlangen an und ließen sich und ihr Gepäck durchsuchen. Mama und Papa reihten sich ein. Franz zerrte mich zu einer anderen Schlange.

»Was soll das?«, fragte ich.

»Ich muss von Mama und Papa weg«, flüsterte er mir zu.

»Warum?«

»Wirst schon sehen!« Er blinzelte mir verschwörerisch zu, und mir schwante Böses. Was hatte er vor?

»Warum?«

Ein Sicherheitsmann unterbrach uns. Er drückte uns Plastikwannen in die Hand und grummelte: »Los, Beeilung!«

Ich leerte meine Hosentasche und legte meine Schuhe und meine Sporttasche auf das Band. Dann musste ich durch eine Art Schleuse treten, und weil die nicht piepte, durfte ich weiter.

Während ich meine Schuhe wieder anzog, beobachtete ich Franz. Der hatte seine Schuhe, seine Tasche und sich selber auf das Band gelegt. Er eierte langsam Richtung Durchleuchtungstunnel. Sein Kopf fuhr gerade in das Röntgending, dann seine Schultern, sein Bauch, und schließlich blieb er stecken. Nichts ging mehr. Das Band quietschte kurz, dann stoppte es. Auf dem Monitor sah ich Franz' Kopf. Er sah hohl aus und wackelte hin und her, während zwei Sicherheitsleute ihn an seinen Beinen wieder aus dem Tunnel herauszogen. Als die Männer Franz schimpfend zur Schleuse schoben, hatte ich mich bereits wieder angezogen und meinen Krempel zusammengesammelt. Dann betrat Franz die Schleuse. Sofort piepte sie laut auf, und rote Alarmlämpchen begannen, wild zu blinken. Franz musste seinen Gürtel ausziehen und noch einmal durch. Wieder schlug der Alarm an. Ein Sicherheitsmann winkte meinen Bruder heraus, und Franz musste seine Arme nach oben strecken. Keine gute Idee.

Weil Franz saubere Klamotten für den Urlaub aufsparen wollte, hatte er sich weder Socken noch eine Unterhose angezogen. Und obwohl er jetzt quasi nackt dastand, piepte es noch immer.

»Was hast du da in der Tasche?«, fragte der Mann

vom Sicherheitsdienst, während er auf den Knien die Hose meines Bruders scannte.

»Nichts!«, behauptete Franz.

»Und was ist *das*?« Der Sicherheitsmann hielt Franz einen Dietrich unter die Nase.

Ein Dietrich ist ein kleines, aus Metall gebogenes Einbruchswerkzeug. Damit bekommt man mit etwas Training jede Tür auf. Franz hatte den Dietrich letztes Jahr von Mama und Papa zu Weihnachten geschenkt bekommen, bisher aber noch kein Schloss damit knacken können. Dafür hatte er etliche Schlösser kaputtgemacht.

»Keine Ahnung«, behauptete Franz. »Kann ich jetzt meine Hose wieder hochziehen?«

»Oh. Natürlich. Sicher. Zieh deine Hose wieder hoch«, sagte der Mann, während sein Gesicht dunkelrot anlief.

Papa und Mama hatten mittlerweile die Sicherheitskontrolle problemlos durchlaufen und kamen zu uns gerannt.

»Was ist hier los? Das ist mein Sohn«, erklärte Papa. »Was hat er angestellt?«

Der Sicherheitsmann antwortete nicht, er forderte meinen Vater nur auf, ihm unsere Pässe und Bordkarten zu zeigen.

»Aha, Sie sind also Herr Vaclav Pipilolli …«

»Pipapolollowitsch«, sagte Papa.

Natürlich haben wir nicht wirklich einen so bescheuerten Namen. Wir heißen Käsebier. Wie der berühmte Verbrecher aus dem 18. Jahrhundert, auf den sich meine Familie so unglaublich viel einbildet.

Aber weil wir eigentlich gar nicht mehr in die USA reindurften, mussten wir unter falschem Namen und mit gefälschten Pässen einreisen. Wir hatten nämlich schon mal für ein paar Jahre in Amerika gelebt. Allerdings in Chicago und nicht in New York. Da war ich ungefähr fünf Jahre alt. Damals arbeiteten meine Eltern in Onkel Cheesebeers Firma *Cheesebeers Olivenöle und Taschenuhren*. Als die Polizei dahinterkam, dass Onkels Firma gar nicht mit Olivenölen und Taschenuhren, sondern mit gestohlener Kunst handelte, mussten wir überhastet abreisen, und Onkel Cheesebeer musste mit seiner Familie nach New York abhauen. Meine Erinnerungen an Amerika waren mittlerweile längst verblasst. Ich erinnerte mich an Hotdogs, an Hochhäuser und daran, dass immer irgendwo ein Fernseher lief. Zu Hause, in den Restaurants und sogar in der Eisdiele um die Ecke.

»Gut«, fing der Sicherheitsmann von Neuem an. Er wedelte mit dem Dietrich vor Papas Gesicht herum.

»Herr Popolollilo, was auch immer das hier ist, es darf nicht mit ins Flugzeug«, sagte er und warf den

Dietrich in eine große blaue Tonne voller Feuerzeuge, halbvoller Cremetuben und Wasserflaschen. Franz war außer sich, doch bevor er losschimpfen konnte, zog Mama ihn weg und stopfte ihm Süßigkeiten in den Mund.

Wir mussten noch zwei Stunden auf den Abflug warten. Für Franz genug Zeit, sich zweimal zu verlaufen. Dreimal wurden meine Eltern ausgerufen, um Franz irgendwo abzuholen. Das dritte Mal hatte er sich in der Toilette eingeschlossen und bekam das Schloss nicht wieder auf.

»Die haben mir ja auch meinen Dietrich weggenommen, diese Trottel!«, meckerte er.

»Du musst einfach nur den Bügel nach links drehen. Dafür braucht man keinen Dietrich!«, seufzte Mama.

Franz war wirklich ein grauslich schlechter Ein- und Ausbrecher.

Da ich mich kaum noch an meine beiden ersten Flüge erinnern konnte, genoss ich die Zeit im Flughafen. Ich saß in der Abflughalle und saugte die geschäftige Atmosphäre ein. Menschen wuselten umher. Manche rannten panisch vorbei, um ihren Flug noch zu erreichen, andere schliefen auf ihren Sitzen und merkten nicht, dass ihnen Spucke aus dem Mundwinkel herauslief. Papa war supernervös.

Ich nahm den Notizblock aus meinem Rucksack.

»Was ist das?«, fragte Franz. Er kaute einen Schokoriegel und hinterließ mit seinen Schokofingern überall Fingerabdrücke in meinem Block.

»Ein Notizblock. Finger weg.«

»Schon klar. Aber was willst du damit?«, schmatzte er fragend.

»Ich mache mir Notizen für die Schule. Wir sollen nach den Sommerferien einen Aufsatz darüber schreiben, was wir erlebt haben.«

Franz starrte mich, seit er das Wort *Schule* gehört hatte, entgeistert an.

»Was ist ein Aufsatz?«, wollte er wissen.

Mein Bruder war noch seltener in der Schule gewesen als ich. Wenn Franz überhaupt mal in der Schule auftauchte, dann nur, weil die Polizei ihn abgeliefert hatte. Sein Gehirn war sogar noch nie da gewesen. Franz war nur körperlich anwesend. Er nutzte die Schulstunden, um ein erholsames Nickerchen zu machen. Aufpassen oder sich mal was aufschreiben war für ihn totale Zeitverschwendung. Kein Wunder, dass meine Familie so stolz auf ihn war.

»Ein Aufsatz ist eine Art Bericht.«

Aber Franz hörte mir längst nicht mehr zu. Er hatte in der Hand eines kleinen Kindes einen Lut-

scher mit Colageschmack entdeckt, den er nun unbedingt haben wollte. Er schlich um das Kind herum, bis er über eine Tasche stolperte und auf die Nase knallte.

Papa setzte sich zu mir. Er war verschwitzt und knetete nervös seine Hände. Ich ahnte, was mit ihm los war. Er wurde das Gefühl nicht los, von Oma in eine Falle gelockt zu werden.

Ich beobachtete, wie die Flugzeuge starteten und landeten. Sie sahen toll aus, irgendwie lebendig, wie sie so in der Sonne schimmerten. Wie dressierte Riesenvögel in einem Zirkus ließen sie sich von Lotsen in ihre Parkpositionen führen.

Unser Flug verlief absolut ohne Zwischenfälle. Es gab keine Panik, keine Notlandung oder unfreiwillige

Sturzflüge. Was wohl daran lag, dass Franz eingekeilt zwischen Mama und Papa stillsitzen musste.

Was wiederum daran lag, dass er kurz vor dem Start angekündigt hatte: »Sobald wir in der Luft sind, stürme ich das Cockpit, übernehme das Steuer und fliege die Kiste ein paar Minuten!«

Deshalb ließ Mama Franz' Sicherheitsgurt einrasten, und Papa zurrte den Gurt noch mal extra fest, bevor sie einigermaßen beruhigt einschliefen. Und so sehr Franz sich auch abmühte, unser genialer Schlossknacker bekam die Schnalle seines Sicherheitsgurts einfach nicht wieder auf. Er saß fest, was mir und allen anderen Passagieren wahrscheinlich das Leben rettete. Ich war so aufgeregt, dass ich während des ganzen Flugs kein Auge zubekam. Ich starrte aus dem Fenster, sah mir einen Film an und trank eine Limo nach der anderen. Es war toll und viel zu schnell vorbei.

KAPITEL 4

Welcome to New York

Als wir schließlich, beladen mit unserem Gepäck, aus dem J. F. Kennedy International Airport stiefelten, stolperten wir direkt in unser Empfangskomitee.

»Oh, guckt mal, wie nett!«, freute sich Mama über die angetretene Verwandtschaft. Papa traute dem Braten nicht. Oma fehlte.

»Wo ist Oma?«, fragte er und sah sich hektisch um. »Ich kann sie nirgends entdecken. Hier ist doch was faul!«

»Herzlich willkommen!«, riefen Onkel Harold, den alle nur Harry nannten, und Tante Emily, die extrem groß war. Es mussten fast zwei Meter sein, und im Verhältnis zum Rest waren ihre Arme und Beine irgendwie zu lang.

»Da«, sagte meine Cousine Leoni und drückte mir einen in Plastikfolie eingewickelten Blumenstrauß in die Hand. Der Strauß war mickrig und schon so angegammelt, dass er die Fahrt in die Stadt wohl nicht überleben würde. Während ich darüber nachdachte, wurde es auf einmal dunkel, und Tante Emilys blasses Gesicht tauchte wie ein Mond über mir auf. Der Lulatsch riss mir die Blumen aus der Hand.

»Der ist doch für deine Tante Johanna!«, rief sie aufgekratzt und reichte den Strauß Kompost weiter an Mama.

»Emily! Wie schön! Blumen!«, jubelte meine Mutter verlogen. Sie drehte sich zu uns um und präsentierte uns die gammeligen Blumen. Dabei zischte sie: »Passt auf eure Portemonnaies auf, wenn Tante Emily in der Nähe ist!«, bevor sie ihre Schwester herzlich an sich drückte.

Meine Tante hatte viele Jahre als Kinderkrankenschwester gearbeitet. Dann lernte sie meinen Onkel kennen, heiratete ihn und schulte erfolgreich auf Taschendiebin um.

Zwar hatte ich kein Geld in meiner Geldbörse, aber meinen Ausweis. Nach Mamas Hinweis stopfte ich mein Portemonnaie deshalb lieber tief in meine Sporttasche und zog den Reißverschluss sorgfältig zu.

»Wo ist Oma?«, fragte Papa erneut und sah sich nervös um.

»Im Bett geblieben. Sie genießt ihren Urlaub und liest ein Buch«, sagte Onkel Harry.

»Ah, gut!« Papa atmete erleichtert aus.

Mama nicht. Sie war geknickt, dass ihre eigene Mutter es offensichtlich zu lästig fand, sie vom Flughafen abzuholen.

»Sie hat es an der Hüfte. Deshalb liegt sie im Bett«, flüsterte Tante Emily ihr zu. »Aber von mir weißt du das nicht. Oma hasst es ja, wenn man sie für alt und schwach hält.«

Mutter schien versöhnt.

»Ich weiß. Danke dir.«

Papa mischte sich ein. »Soll das heißen, sie ist ans Bett gefesselt?«

»So gut wie. Leider«, gab Tante Emily zu. »Auch wenn sie das nicht unbedingt einsehen will.« Tante Emily verstellte ihre Stimme und begann, Oma nachzumachen. Und zwar supergut. »Ich bin kerngesund. Habe mich nie besser und fitter gefühlt. Besorgt mir ein Trampolin, und ich beweise es euch!«

Wir mussten lachen. Bis auf Papa. Der war zu angespannt.

»Also, was ist denn nun? Kann sie aufstehen oder nicht?«

Tante Emily legte ihm beruhigend ihre Hand auf den Arm.

»Kann sie nicht.«

»Super!«, entfuhr es Papa. Er strahlte. Allerdings nur, bis er von Mama heftig in die Seite geknufft wurde.

»Superschade, wollte ich sagen …«

Onkel Harry zerwuschelte mir mit traurigen Augen die Haare. Wahrscheinlich, weil er eifersüchtig war. Onkel Harry hatte keine Haare mehr. Zumindest nicht da, wo sie hingehören. Sein Kopf war kahl wie eine Bowlingkugel, dafür glich er kinnabwärts einem Gorilla. Haare quollen aus seinem Kragen und seinen Ärmeln wie feine Wurzeln, die nach Luft und Wasser japsen.

Ich gab allen die Hand, ließ mich drücken und hörte mir an, wie groß ich geworden war, seit wir vor Jahren aus den USA fliehen mussten. Dann wurde Onkel Harry langsam ungeduldig. Er trippelte auf der Stelle und klopfte auf seine Armbanduhr. »Es wird Zeit! Alle ins Cheesemobil!«

»Cheesemobil?«, fragte Franz.

»Käsemobil«, übersetzte ich.

Franz' Augen leuchteten, bis ich sagte: »Wegen *Käsebier*. Das heißt *Cheesebeer* auf Englisch. Das Auto ist nicht aus Käse gemacht.«

»O Mann«, Franz war enttäuscht. »Stell dir mal vor: ein Auto aus Käse. Da hast du immer was zu essen dabei.«

»Worüber redet ihr?« Papa kam zu uns rüber.

»Kann man ein Auto aus Käse bauen?«, fragte Franz, und Papa grübelte.

»Klar, aber das würde in der Sonne ganz schön stinken.«

Franz schlug sich mit der flachen Hand vor die Stirn. »Na klar, der Gestank! Deshalb gibt es keine Käseautos.«

Logisch. Es lag am Geruch, dass Autos nicht aus Käse gebaut wurden. Das war der einzige Haken an der Sache.

Onkel Harry schob uns zu einem kleinen alten Auto. Es war ziemlich verrostet, und die Beifahrertür ließ sich nur öffnen, in dem man ihr ein paar kräftige Tritte verpasste. Wir quetschten uns zu viert und mit Gepäck auf die Rückbank, während die drei Cheesebeers es sich vorne gemütlich machten.

Tante Emily passte nur schief ins Auto. Sie musste ihren Kopf geneigt halten, um ihn sich nicht am Autodach anzuhauen. Onkel Harry kurbelte das Dachfenster auf, was ewig dauerte und ziemlich quietschte. Als es offen war, konnte Tante Emily sich endlich gerade hinsetzen.

»Setz dich doch auf meinen Schoß!«, bot sie Leoni an.

»Ich bin zwar ein Zwerg, aber trotzdem zwölf Jahre alt. Ich setze mich auf keine Schöße mehr«, stellte Leonie fest und rutschte zwischen ihre Eltern. Obwohl Leonie klein und dünn war, hatte sie etwas Wildes an sich. Und trotz der süßen Bärenstrickmütze war sie mir unheimlich. Ihre Augen waren fast schwarz und funkelten listig, wenn sie nicht gerade böse starrten.

Tante Emily war Leonies Stiefmutter. Keine Ahnung, wo ihre echte Mutter war. Vielleicht war sie weggelaufen oder saß im Gefängnis. Die Käsebiers sitzen oft im Gefängnis. Ganz gleich, in welchem Land sie leben. Wir nennen das dann *Urlaub machen*, obwohl wir genau wissen, wie schrecklich Gefängnisse sind.

Ich traute mich nicht, Leonie nach ihrer Mutter zu fragen. Sie schien nämlich alles andere als begeistert zu sein, mit uns im Auto zu hocken.

Nach mehreren Versuchen startete das Cheesemobil endlich. »Auf geht's!«, rief Onkel Harry.

»Manhattan wir kommen!«, rief Mama, und wir

tuckerten mit knallendem Motor und qualmenden Auspuff Richtung New York City!

Die ganze Fahrt über schwiegen wir. Nicht weil wir uns nichts zu sagen hatten, sondern weil wir uns an New York, seinen Straßen, Menschen und Hochhäusern nicht sattsehen konnten. Mama schoss ein verwackeltes Bild nach dem anderen, und der Rest von uns staunte starr Amerika an. Bis auf Papa. Während Mama Fotos machte, machte er sich Sorgen. Er rutschte auf seinem Platz hin und her.

»Sag mal, Harry«, begann er, »Oma hat von einer großen Überraschung gesprochen. Was hat sie denn damit gemeint?«

Niemand antwortete. Tante Emily und Onkel Harry sahen sich nur fragend an und zuckten mit den Schultern.

»Ja. Äh. Die Überraschung. Äh. Die wird noch

nicht verraten. Ihr müsst euch noch etwas gedulden«, antwortete Onkel Harry.

»Genau! Schließlich ist Oma nicht da«, sagte Tante Emily.

Im Rückspiegel beobachtete ich, wie sich die beiden verstohlene Blicke zuwarfen.

»Nur damit das klar ist: Wir werden keine Straftat begehen. Wir machen Urlaub!«

»Waaaas? Straftat? Pffft! Nie im Leben, Klaus. Du kommst ja auf komische Ideen.« Onkel Harry lachte. Es klang genauso künstlich wie das Gekicher von Tante Emily.

»Keine Sorge, meine Lieben. Ihr seid nur hier, um Spaß zu haben«, behauptete sie.

Im Rückspiegel fiel mein Blick auf Leonie. Sie hatte mich offensichtlich beobachtet. Jetzt schüttelte sie kurz den Kopf und verzog ihren Mund. Nur einen kurzen Moment. Aber trotzdem kam ihre Botschaft an: *Ihr werdet keinen Spaß haben.*

Wir überquerten eine gigantische Brücke, die nach Manhattan führte. Manhattan ist ein Stadtteil und gleichzeitig das Zentrum von New York. Es besteht aus glitzernden Hochhäusern mit verspiegelten Fenstern und aus der winzigen kaputten Bruchbude, vor der Onkel Harry nun auf die Bremse trat.

»Euer neues Zuhause für die nächsten Wochen!«,

rief er begeistert und zeigte auf die Ruine. Zwischen den fein herausgeputzten Wolkenkratzern wirkte unser Feriendomizil wie ein abgebrochner, verfaulter Zahn im Gebiss eines Filmstars.

Die Ruine war gerade mal zwei Stockwerke hoch. Im Erdgeschoss stand ein Ladenlokal leer, über das ein altes Blechschild im Wind baumelte. *Donuts* stand darauf. Ich war traurig, dass der Laden geschlossen war. Ich mochte Donuts. Die schmecken so ähnlich wie Berliner.

»Toll«, sagte Papa gar nicht begeistert.

»Herrlich zentral!«, jubelte Mama. »Von hier aus können wir alle Sehenswürdigkeiten zu Fuß erreichen!«

Und während Mama alle Sehenswürdigkeiten von New York aufzählte, die sie unbedingt besuchen wollte, schleppten wir unsere Koffer die enge alte Holztreppe hoch.

»Empire State Building! Central Park! Den Broadway und die Freiheitsstatue will ich auch sehen.«

»Was ist die Freiheitsstatue?«, fragte Franz.

»Das ist eine riesige Statue aus Stahl. Die ist so groß, dass man von oben ganz New York überblicken kann. Und sie steht auf einer eigenen Insel!«

Franz war begeistert. »Boah! Eine eigene Insel.«

Oben angekommen führte uns Harry durch die Wohnung. Nach zehn Sekunden waren wir damit fertig.

Selbst Omas winziges Häuschen, in dem wir daheim alle zusammenlebten, war im Vergleich zu dieser Absteige ein Palast! Dabei war Omas Haus so klein und überfüllt, dass unser Hund eines Tages freiwillig wieder zurück ins Tierheim gelaufen war.

Die Bude der Cheesebeers bestand nur aus drei kleinen Räumen. Einer diente als Küche und Wohnzimmer, einer als Schlafzimmer, und der andere gehörte Oma. Die hatte nicht nur als Einzige ein eigenes Zimmer, sondern sie durfte auch in einem Bett schlafen. Wir anderen mussten dicht gedrängt auf alten, kaputt gepupsten Matratzen pennen, die Onkel Harry einfach auf den Boden geworfen hatte.

Das Schlafzimmer war trist. An den Wänden hingen nur drei unterschiedliche Poster der Freiheitsstatue. Und obwohl bloß zwei Kleiderschränke im

Zimmer standen, war es supereng. Wegen des riesigen Schlagzeugs, das in der Mitte thronte. Es war schwarz und silbern und glänzte.

»Booah!«, schrie Franz, griff sich zwei Sticks und hämmerte auf die Trommel ein. Keine Sekunde später lag er auf dem Boden und japste. Leonie hatte ihm den Arm auf den Rücken gedreht und ihn vom Stuhl gerissen.

»Fass mein Schlagzeug nicht an!«, keifte sie.

»Leonie!«, rief ihr Vater beschwichtigend, bevor er Franz befreite. »Entschuldigt. Wenn es um ihr Schlagzeug geht, ist sie etwas eigen. Niemand darf es anfassen. Wir auch nicht.«

Franz rappelte sich auf und massierte seinen Arm.

»Das Ding ist eh bescheuert«, meckerte er, während er hinter Mama in Deckung ging.

»Und das hier …«, Leonie zeigt auf eine Matratze, auf der ein Kopfkissen und ein kleiner Teddybär lagen, »das ist mein Bett! Da schlafe ich, und sonst niemand!«

»Reg dich ab, Leo.« Onkel Harry lachte.

»Und, was machen wir als Erstes? Besuchen wir das Empire State Building oder den Central Park?«, fragte Mama aufgekratzt.

»Als Erstes zeige ich euch jetzt mal eure Arbeitsplätze«, antwortete Onkel Harry.

KAPITEL 5

Der Einbruch des Jahrhunderts, mal wieder

»Das ist keine gewöhnliche Straftat, Klaus. Das wird der Einbruch des Jahrhunderts! Und das Tollste daran ist: Wir gehen fast kein Risiko ein!«, versuchte Onkel Harry Papas Bedenken zu zerstreuen.

»Fast?«, fragte Papa nach.

»Keins«, behauptete Harry. »Die Nummer ist bombensicher!«

Papa wusste längst, was »Die Nummer ist bombensicher« bei den Käsebiers bedeutete. Nämlich, dass wir am Ende vor hundert Polizisten, wütenden Polizeihunden und über unseren Köpfen kreisenden Hubschraubern flüchten würden. Und das nur, weil keiner von uns länger über das angeblich bombensichere Ding nachgedacht hatte.

Wir Käsebiers neigen leider zu überstürzten, unüberlegten Handlungen und nicht dazu, etwas richtig zu durchdenken oder genau zu planen. Wir legen einfach los.

Als wir jetzt durch den verlassenen Laden Richtung

Keller marschierten, wirbelten wir jede Menge Staub auf. Der hatte sich scheinbar über viele Jahre hinweg zentimeterhoch wie eine Decke über die alten Stühle und Tische gelegt. Am Kopfende der alten Bäckerei stand eine Theke aus Glas, und noch immer lag der Duft von Zimt und Zucker in der Luft.

Obwohl ich dem Verbrechen weltweit und nicht nur in Deutschland abgeschworen hatte, folgte ich den anderen. Ich würde zwar ehrlich bleiben, war aber trotzdem neugierig. Also trottete ich als Letzter der Käsebier-Familie die Kellertreppe hinunter und glotzte in das beeindruckend tiefe Loch, das die Cheesebeers in Hüfthöhe in die Kellerwand geschlagen hatten.

»Cool, 'ne Höhle!«, rief Franz.

»Das ist keine Höhle! Das ist ein Tunnel!«, sagte Onkel Harry stolz. »Haben wir selbst gebuddelt!«

Stolz lehnte er sich an einen dicken Holzpfeiler, der im Eingang des Tunnels stand.

»Oh, ihr habt die Decke mit Pfosten und Brettern abgestützt«, sagte meine Mutter anerkennend. »Das sieht richtig professionell aus.«

Harry freute sich über das Kompliment. »So stürzt der Tunnel hoffentlich nicht ein, wie bei unseren ersten fünf Versuchen.«

»Fünf?«, fragte ich erstaunt.

»Jo. Deine Tante Emily musste mich jedes Mal ausbuddeln«, lachte Onkel Harry, als sei das etwas Tolles.

Mama leuchtete mit einer Taschenlampe in den Tunnel. Der war immerhin rund vier Meter lang und so geräumig, dass ein Erwachsener darin knien konnte. Neben dem Tunnel standen ein paar Schaufeln, Spaten und Eimer.

»Das habt ihr prima gemacht«, sagte Mama. »Die Frage ist nur … warum?«

»Wollt ihr euch einen Bären als Haustier zulegen?«, fragte Franz aufgeregt.

Onkel Harry und Tante Emily lachten. Leonie verdrehte die Augen.

»Bären schlafen doch in Tunneln!«, verteidigte sich Franz.

»Nein, wir legen uns keinen Bären zu«, sagte Tante Emily und tätschelte Franz' Kopf.

»Aber wozu soll der Tunnel dann gut sein?«, wollte Mama von Onkel Harry wissen.

Der breitete seine Arme aus und grinste wie ein Honigkuchenpferd. »Wir brechen in einer Galerie ein!«, rief er triumphierend.

»Durch den Fußboden!«, juchzte Tante Emily. Auch sie war stolz wie Bolle.

»Ich verstehe nicht so ganz«, sagte Papa. Er war blass geworden.

»Ich erkläre es euch.« Onkel Harry strich eifrig über seine Glatze. »Passt auf: Ein Stück die Straße runter befindet sich eine Kunstgalerie. Dort hängen extrem wertvolle Bilder von extrem berühmten Malern. Pipasso, van Docht, Rambrend und wie die alle heißen.«

»Picasso, van Gogh und Rembrandt?«, fragte ich.

Langsam, aber sicher begann es sich auszuzahlen, dass ich regelmäßig zur Schule ging.

»Genau. Picasso, van Gogh und Rumbrand.«

»Rembrandt.«

Onkel Harry sah mich anerkennend an.

»Du bist ja ein echter Kunstexperte!«, staunte er, ohne sich zu fragen, ob nicht gerade Kunstdiebe wie er auch ein bisschen was von Kunst verstehen sollten.

»Na ja. Ich gehe jetzt zur Schule und …«, begann ich, aber Mama fuhr mir über den Mund.

»Ja, ja. Du gehst zur Schule. Halt den Mund und hör auf, uns zu blamieren«, meckerte sie.

Mama war immer noch strikt dagegen und zu Tode beleidigt, dass ich zur Schule ging. Dass ich ein Schüler war und kein Schwerverbrecher, galt bei den Käsebiers als größte Familienschande aller Zeiten.

Tante Emily ergriff das Wort. »Die Galerie wird durch eine Alarmanlage geschützt. Allerdings nur die Fenster und die Tür.«

»Und deshalb brechen wir durch den Boden ein?«, fragte Mama.

»Genau.«

Wieder leuchtete Mama in den Tunnel.

»Wie weit ist es denn noch?«

»Zehn bis zwölf Meter.«

»Wie lange werden wir brauchen?«

»Wenn wir Vollgas geben und mit der Hilfe unserer starken Männer hier …«, Onkel Harry drückte Franz und mich an sich, »… müssten wir in ein paar Tagen so weit sein.«

Ich wollte protestieren, aber Papa kam mir zuvor.

»Das ist doch Wahnsinn!«, ächzte er. »Das ist viel zu gefährlich. Der Schacht könnte wieder einstürzen und uns alle in sich begraben.«

Onkel Harry winkte ab. »Quatsch. Der stürzt nicht mehr ein. Wir haben ja jetzt die Balken. *Das* ist kein Problem. Das einzige Problem ist, dass wir nicht entdeckt werden dürfen.«

»Logisch. Wegen der Polizei«, trumpfte Franz auf.

Aber Onkel Harry widersprach. »Nein, die Polizei ist nicht das Problem. Das Problem ist, dass dieser Teil New Yorks das Revier von Jimmy ist.«

»Jimmy? Wer ist das?«, fragte Papa. Er war schon vor Onkel Harrys Antwort erblasst.

»Nichts wirklich Wildes. Nur der örtliche Gangsterboss. Das ist hier quasi sein Viertel, und er und seine Handlanger mögen keine Konkurrenz.«

»Verständlich«, ächzte Papa.

»Aber macht euch keine Sorgen. Bevor die Typen was spitzkriegen, haben wir die Gemälde längst verkauft und liegen stinkend reich mit bunten Cocktails an einem schönen Strand.«

Mama mochte bunte Cocktails und Strände. Papa war immer noch nicht überzeugt.

»Und woher wissen wir, dass wir weit genug gegraben haben? Ich meine, wie bescheuert wäre es, wenn wir ins falsche Haus einbrechen?«

»Das passiert nicht. Wir haben einen super Plan!« Onkel Harry breitete einen selbstgezeichneten Plan auf dem Boden aus. »Seht ihr? Wir sind hier, und da ist die Galerie.«

Der Plan sah aus, als hätte ihn ein Dreijähriger mit Gehirnerschütterung gemalt.

»Und die Polizei …«, stammelte Papa.

»Ach, die Polizei. Die erwischen uns nie.«

»Also nie stimmt aber nicht«, widersprach Papa. »Die erwischen uns doch ständig. Eigentlich immer.«

»Diesmal nicht. Der Plan ist bombensicher. Aber jetzt haben wir genug geredet. Ihr müsst doch einen Bärenhunger haben«, rief mein Onkel und rollte seine Zeichnung wieder ein.

»Haben wir auch!«, bestätigte Franz, und wir folgten Onkel Harry und Tante Emily wieder nach oben. Ich ging mit Papa am Schluss. Der hatte Schnappatmung bekommen.

»Geht es dir nicht gut?«, fragte ich ihn leise.

»Natürlich nicht. Weißt du, wie übel amerikanische Gefängnisse sind?«

»Nein. Woher auch?«

»Sie sind viel schlimmer als die in Deutschland, und die sind schon furchtbar.«

Ich war verblüfft. »Oma und Mama sagen doch immer, dass es im Knast gar nicht so schlimm ist.«

»Was sollen sie sonst sagen?«, fragte Papa.

Als wir wieder in der Küche standen, plärrte aus Omas Zimmer Countrymusik. Auf dem Tisch lag ein Zettel. Er war von Oma. Sie behauptete, nach einem langen Spaziergang so müde zu sein, dass sie sich bereits schlafen gelegt hatte.

Franz und ich waren enttäuscht. Oma war zwar gerne gemein, vor allem zu Papa, aber wir hingen trotzdem an ihr.

»Ihr wisst doch, wie Oma ist. Sie will nicht, dass ihr sie gebrechlich seht«, tröstete uns Mama und tätschelte unsere Köpfe.

Auch wir waren müde. Die lange Reise und die Zeitumstellung forderten ihren Tribut. Onkel Harry bestellte eine Pizza, die so groß war wie ein Schwimmreifen. Wir spachtelten uns die Bäuche voll, redeten kaum und fielen schließlich hundemüde auf unsere Matratzen. Ich kam gar nicht mehr dazu, mir Gedanken zu machen. Über New York, den Tunnel und unsere Verwandtschaft. Sobald mein Kopf die Matratze berührte, fielen mir auch schon die Augen zu.

KAPITEL 6

Kein Dieb, keine Karies

Als ich am nächsten Morgen meine Augen öffnete, lag ich allein auf unserem Matratzenlager. Ich war immer noch hundemüde. Nach einer kurzen Katzenwäsche setzte ich mich neben Franz an den Küchentisch und gähnte. Und da Gähnen genauso ansteckend ist wie Grippe, gähnte erst Franz, dann Emily und schließlich Mama.

»Da ist aber noch einer müde!«, gähnte sie mir mitten ins Gesicht. Ihr Atem roch sauber und nach Tee. Sie schob mir eine Schüssel Cornflakes vor die Nase.

»Dürfen wir den Tunnel weiterbauen? Bitte, bitte, bitte.« Franz war ganz aufgekratzt. Er schmatzte und spuckte Cornflakes über den Küchentisch.

»Heute nicht!«, sagte Tante Emily, die gerade hereinkam. »Heute ist Sonntag.«

»Na und?«, schmatzte Franz.

»Da dürfen wir keinen Lärm machen. Unseren Nachbarn haben wir nämlich erzählt, dass Handwerker unseren Keller in Ordnung bringen. Und die arbeiten bekanntlich nicht am Sonntag.«

»Also können wir heute machen, was wir wollen?«, fragte Papa.

»Richtig. Sonntag ist frei. Wir graben nur in der Woche und das auch nur bis zwanzig Uhr. Wir wollen ja niemanden auf uns aufmerksam machen.«

»Spitze!«, jubelte Mama. »Also, was unternehmen wir? Eine Stadtrundfahrt? Besuchen wir den Central Park?«

»Es gibt einen schönen Flohmarkt, nicht weit von hier«, schlug Tante Emily vor.

»Au ja!«, rief meine Mutter. Sie liebte Flohmärkte, weil man dort Schnäppchen machen und verrückte alte Dinge finden konnte.

»Flohmarkt? Finde ich super!«, sagte Papa. Er liebte Flohmärkte, weil er da verrückten nutzlosen Kram für sein Verbrecherlabor finden konnte.

Mein Bruder und mein Vater hatten in Omas Keller nämlich eine Werkstatt eingerichtet. Auf die Idee waren sie gekommen, nachdem sie den letzten *James Bond* gesehen hatten. Darin kommt ein Wissenschaftler mit dem Geheimnamen Q vor. Dessen Aufgabe ist es, irre Waffen für Geheimagenten wie James Bond zu erfinden. Und genau so tolle Erfindungen wollten auch mein Bruder und mein Vater machen. Nur nicht für Agenten, sondern für Verbrecher. Deshalb verpassten sie sich die Geheimnamen Ä (mein Bruder) und I (mein Vater). Mehr hatten sie allerdings noch nicht zustande gebracht. Bislang hatten sich ihre Erfindungen immer entweder als noch nicht ausgereift oder als lebensgefährlich entpuppt. In der Regel aber beides gleichzeitig.

»Dann machen wir das. Wir gehen alle zusammen auf einen echten New Yorker Flohmarkt!«, rief Mama und klatschte in die Hände, um uns anzutreiben.

Zwei Minuten später standen wir gutgelaunt auf der Straße. Mama wollte nach altem Geschirr Ausschau halten und Franz und Papa nach typisch amerikanischen Andenken. Das Wetter war prima. Alle strahlten mit der Sonne um die Wette. Bis auf Leonie. Die trottete lustlos hinter uns her und kickte kleine Steine gegen parkende Autos. Tante Emily und

Mama marschierten Arm in Arm vorneweg. Und da mein Vater und mein Bruder sich mit Onkel Harry stritten, wer von ihnen der bessere Verbrecher war, ließ ich mich zurückfallen, bis ich mit Leonie auf einer Höhe war.

»Hallo«, sagte ich.

»Hi«, antwortete Leonie knapp.

»Keine Lust auf den Flohmarkt?«, fragte ich.

»Nee«, sagte Leonie. »Ich hatte andere Pläne.«

»Was denn?«, fragte ich nach.

»Sei nicht so neugierig.« Leonie grinste.

Wir bogen in eine kleine Gasse ab, die zu einem Parkplatz führte. Dort fand der Flohmarkt statt. Vor unzähligen Tischen standen unzählige Besucher und begutachteten unzähligen Plunder und Krimskrams. Es gab alte Gläser, alte Puppen und alte Schallplatten. Einige Stände boten nur Bücher an. Um die machte meine Familie einen weiten Bogen, als wären es Polizeiwachen. Auf manchen Tischen hatten die Verkäufer handgemachten Schmuck ausgebreitet. Mamas Augen leuchteten. Was für den Schmuckverkäufer kein gutes Zeichen war, denn ihm würde gleich eine Kette entwendet werden. Auf einmal entdeckte ich einen vollbeladenen Tisch mit Spielzeug. Ramponierter Krempel, mit dem schon meine Oma gespielt haben könnte. Autos, Kutschen und sogar ein Miniaturkarussell standen zum Feilschen bereit. Alles war aus Blech und sah toll aus. Besonders angetan hatte es mir ein Motorrad mit Fahrer drauf. Man konnte es sogar aufziehen, und dann fuhr es ein Stück.

Ich musste das Ding haben.

Leider passte Mama auf das bisschen Geld auf, das ich besaß. Und wenn ich etwas davon haben wollte, musste ich sie fragen.

»Darf ich das kaufen, Mama?«

Mama sah mich an und lächelte, bevor sie meine Haare zerwuschelte. »Nein, aber du darfst es stehlen«, antwortete sie und blinzelte mir zu. »Du weißt doch, was Urgroßvater Käsebier immer gesagt hat: Wer nicht klaut, bleibt dumm.«

Ich war genervt. Nicht schon wieder die alte Leier. Also fragte ich: »Woran starb Opa Käsebier noch mal?«

»Er wurde vom Blitz getroffen«, sagte Mama.

»Und wie genau ist das passiert?«, hakte ich nach.

Jetzt war Mama genervt. »Er hat während eines Gewitters versucht, mit einer Metallstange einen Blitz einzufangen. Aber darum geht es hier doch gar nicht!«

Ich schüttelte den Kopf. O doch. Genau darum ging es. Ich bohrte weiter.

»Er hat den Blitz eingefangen, um sich eine Zigarre anzuzünden, oder irre ich mich?«

»Nein, das stimmt«, gab meine Mutter zähneknirschend zu.

»Er hat wohl nicht sehr viel geklaut, oder? Sonst hätte er so was Unkluges bestimmt nicht getan«, triumphierte ich.

»Eduard, halt jetzt den Schnabel und klau das blöde Ding«, zischte Mama.

»Ich will es aber nicht stehlen. Stehlen ist Unrecht!«

Meine Mutter sah mich böse an. Onkel Harry schüttelte mitleidig den Kopf, und Tante Emily tätschelte Mamas Schulter, als müsste sie getröstet werden.

»Dann stell es zurück!«, sagte sie streng.

»Ich will dafür bezahlen.«

»Wenn du das Motorrad nicht klauen willst, dann stell es zurück!« Meine Mutter wirkte eher enttäuscht als sauer. »Bezahlen? Ich schäme mich für dich!«

Ich wartete, bis Mama ein Stück weitergegangen war, bevor ich Papa nach Geld fragte.

»Ich kann dir 25 Cent geben. Die habe ich eben im Pinkelbecken gefunden«, erklärte Papa stolz und hielt mir ein feucht schimmerndes Geldstück unter die Nase.

»Ach. Nee. Danke. Lass mal. So wichtig ist es mir auch nicht.«

Das Motorrad kostete zwölf Dollar. Da halfen mir 25 angepinkelte Cent auch nicht weiter. Ich stellte das Motorrad schweren Herzens zurück, lächelte dem Verkäufer zu und rannte weg. Ich hatte keine Lust mehr auf meine Familie. Deshalb quetschte ich mich durchs Gedränge, bis ich das andere Ende des Flohmarkts erreichte.

Dort entdeckte ich zufällig auch Leonie. Sie schlich um eine Holzwand herum, die mit Zirkusleuten bemalt war. Da, wo die Gesichter sein sollten, waren Löcher in die Bretter gesägt worden, damit man seinen Kopf hineinstecken und ein Foto knipsen konnte.

»Sollen wir ein Foto machen?«, fragte ich.

»Ich hab keinen Fotoapparat«, sagte Leonie.

»Hast du kein Handy?«

»Nicht mehr«, seufzte Leonie. »Musste es eintauschen.«

»Für was?«

»Sag ich nicht.«

Meine Mutter hatte einen Fotoapparat dabei. Aber die war irgendwo im Getümmel, und außerdem würde sie nie im Leben ein Foto von uns schießen. Wegen der Polizei. Denn wenn die Polizei jemals Familienfotos von uns in die Hände bekommt, kann sie sie als Fahndungsfotos benutzen. Das ist Mama zu gefährlich.

Leonie setzte sich unter einen Baum in den Schatten. Ich ließ mich neben sie in den Schneidersitz sinken.

»Du hast auch gerade keine Lust auf deine Familie, oder?«, fragte ich Leonie.

Als Antwort rollte Leonie nur mit den Augen.

»Ja, die können ganz schön nerven«, stimmte ich zu. Ich freute mich darüber, dass Leonie ganz normal mit mir sprach. Also: fast sprach. Jedenfalls veräppelte sie mich nicht oder so. Damit hatte ich nicht gerechnet.

»Da sind sie ja«, sagte ich und zeigte ins Gewühl.

Franz und Papa standen vor einem Stand mit allerlei Krempel aus dem Wilden Westen. Cowboyhüte, Indianerschmuck und so weiter. Ich wollte ihnen zuwinken, aber Leonie hielt mich auf. Sie zog mich hinter den Baum.

»Psst«, machte sie und linste um den Stamm. »Komm!« Dann flitzte sie los.

Wir rannten weg vom Flohmarkt.

Über die Straße.

Autos bremsten, hupten, und Fahrer schimpften.

Aber ich lief ihr hinterher, bis wir in einer kleinen Gasse verschwunden waren.

»Und jetzt?«, fragte ich.

»Jetzt besorgen wir uns was Süßes«, antwortete Leonie und lief wieder los.

Ich hatte Mühe, ihr zu folgen. Sie war zwar klein, aber flink. Je weiter wir liefen, desto höher wurden die Häuser und desto breiter die Straßen. Gelbe Taxis, silberne Busse und unzählige normale Autos verstopften die Straßen. Kuriere rasten auf ihren Rennrädern im Zickzack durch den Stau und über rote Ampeln. Immer mehr Menschen drängten sich auf den Bürgersteigen. Ich war überrascht, wie voll es hier sogar sonntags war, und hechelte weiter. Leonie war einfach zu schnell. Einmal sah ich noch ihre Bärenmütze auf- und abhüpfen, dann verlor ich Leonie aus den Augen.

Ich lief schneller. Raste im Slalom an Passanten vorbei. Dann musste ich bremsen, denn eine Gruppe Touristen walzte wie eine Elefantenherde auf mich zu. Vorneweg eine Frau mit Trillerpfeife und schlechter Laune. Ich versuchte, eine Lücke zu finden, um nicht niedergetrampelt zu werden. Aber wohl aus Sorge, plötzlich alleine irgendwo in New York zu stehen, klebten die Touris wie Kletten aneinander.

Sie rissen mich mit sich. Der riesige Busen einer noch riesigeren Frau schob mich vor sich her. Die Frau

bemerkte mich nicht einmal. Sie stampfte keuchend und mit großen Schritten über den Bürgersteig. Ich klebte an ihrem nassen T-Shirt wie eine Fliege im Spinnennetz.

»Hilfe!«, schrie ich Und: »Warte! Leonie, warte auf mich!«

Erst als die Touristengruppe auf einmal abbog, war ich frei. Frei und allein. Leonie war endgültig verschwunden.

Ich versuchte, mich zu orientieren.

Von wo waren wir noch mal gekommen?

Wo musste ich hin?

Ich spürte, wie Panik in mir aufstieg, und begann zu schwitzen, lief auf und ab, starrte in Gassen und

Straßen. Suchte nach Hochhäusern, die mir bekannt vorkamen. Vergeblich.

Ich hatte mich verlaufen. Ich war verloren. Denn ich totaler Idiot hatte mir nicht mal unsere Adresse gemerkt.

Wie sollte ich in dieser Riesenstadt je wieder nach Hause finden, wenn ich nicht mal jemanden nach dem Weg fragen konnte?

Ich würde bis in alle Ewigkeiten durch diesen Großstadtdschungel irren.

»Hey, Eduard. Alles klar?«

Leonie. Gott sei Dank. Ich atmete durch.

»Hattest du Schiss?«, fragte Leonie lauernd.

»Waaaas? Ich? Schiss? Ich? Quatsch!«

»Du sahst aber so aus.«

Mir schoss das Blut in den Kopf. Das passiert mir ständig, wenn ich ertappt werde. Ich hasste es.

»Ich hatte keinen Schiss!«, sagte ich vielleicht etwas zu laut.

»Schon gut. Schon gut.« Leonie grinste. »Komm mit. Ich brauche jetzt dringend was Süßes«, sagte sie und lief schon wieder los.

Zwei Straßen weiter blieb sie endlich vor einem Laden stehen, der auf den ersten Blick wie ein normaler Supermarkt wirkte. Wir traten ein. Drinnen blieb mir die Spucke weg, weil alles quietschbunt leuchtete und die Regale bis unter die Decke mit Zuckerzeug vollgestopft waren. Es gab Lutscher, Bonbons, Popcorn in tausend Geschmacksrichtungen, Kaugummis, Zuckerstangen, Schokolade und Pralinen. Das war mit Abstand der tollste Laden, den ich je gesehen hatte.

Leonie strich durch die Gänge und sah sich um. Sie nahm ein paar Süßigkeiten, musterte sie und steckte sie blitzschnell in ihre Hosentaschen.

»Hier nimm!«, flüsterte sie und hielt mir einen großen Lutscher hin.

Ich schüttelte den Kopf. »Nein. Ich stehle nicht. Ich bin ehrlich!«

»Wenn du meinst …«, Leonie zuckte nur mit den Schultern und ließ den Lutscher in ihre eigene Tasche fallen.

»Hey! Was macht ihr da?«

Ein Verkäufer tauchte auf. Er trug einen Kittel wie ein Arzt und viel zu viel Speck auf den Rippen. Auf seinem roten Kopf saß eine bunte Mütze mit Pustewindrad drauf.

»Du schon wieder!«, schrie der Mann, als er Leonie erkannte.

Sie griff gedankenschnell in ein Regal, schnappte sich so viele Lutscher, wie sie tragen konnte, und sauste an mir vorbei ins Freie.

Der Verkäufer nahm die Verfolgung auf. »Dieb! Hilfe, ein Dieb!«, schrie er, aber Leonie war längst über alle Berge.

Da drehte er sich zu mir um. Seine Augen leuchteten böse. »Ihr seid doch zusammen gekommen, oder?«, zischte er und kam mit nach vorne gereckten Armen auf mich zu.

Ich wich zurück. »Ja. Nein. Ja. Aber … ich klaue nicht!«

Selbstverständlich glaubte er mir nicht. Er kam weiter auf mich zu, und ich wich immer weiter zurück, bis ich mit meinem Rücken an die Wand stieß. Er hatte mich buchstäblich in die Ecke gedrängt.

Er zog ein Smartphone aus seiner Kitteltasche. »Polizei?«, fragte er in sein Handy. »Hier spricht Mr Kellermann. Ich bin der Eigentümer von *Sweets for my Sweets*. Ich habe einen Dieb gefasst!«

»Ich bin kein Dieb!«, rief ich. Ich griff mit beiden Händen in eine große Glasschüssel, die bis zum Rand mit Karamell-Popcorn gefüllt war. Dann schmiss ich dem Verkäufer die ganze Ladung ins Gesicht.

»Ahhh!« Der Mann taumelte. Wie eitrige Pickel klebte das Popcorn in seinem Gesicht. »Ihhhh! Klebrig!«, schrie er.

Ich nahm zwei Schritte Anlauf, rutschte elegant durch seine Beine hindurch und raste aus dem Laden raus.

Leonie fand ich eine Seitenstraße weiter. Sie saß auf einem Mäuerchen, ließ sich die Sonne auf ihre sommersprossige Nase scheinen und lutschte genüssliche fünf Zuckerstangen auf einmal.

»Vielen Dank für deine Hilfe«, sagte ich und setzte mich neben sie.

»Willst du eine?«, fragte Leonie und hielt mir eine der angelutschten Zuckerstangen unter die Nase.

»Nein. Ich bin ehrlich«, antwortete ich.

Leonie zuckte mit den Schultern.

»Mehr für mich.«

»Klauen ist blöd«, erklärte ich, während Leonie sich glänzende Bonbons in den Mund warf.

»Ach Eduard, du bist ein Käsebier. Es lohnt sich nicht, dagegen anzukämpfen«, schmatzte sie.

»Was soll das denn heißen?«

»Du bist von Natur aus ein Verbrecher. Das liegt in unseren Genen.«

»Unsinn! Wer sagt denn so was?«, fragte ich.

»Mein Vater. Er war mal Arzt. Er hatte eine Zahnarztpraxis!«

»Onkel Harry hat Medizin studiert?«

»Nein. Natürlich nicht«, sagte Leonies Mund, während ihr Blick noch »du Trottel« ergänzte. »Er hat auch nie Jura studiert, aber trotzdem als Richter gearbeitet.« Leonie lachte auf. »Das war lustig. Papa hat alle laufenlassen.«

»Und dann?«

»Dann flog er auf, und wir mussten abhauen.«

»Verständlich«, sagte ich.

»Er hat sogar mal als Pilot gearbeitet! Einen Tag lang.«

»Einen Tag?«

»Ja. Fliegen war dann doch schwieriger, als er es sich vorgestellt hatte. Papa hatte viele Jobs und noch mehr gefälschte Zeugnisse und Dokumente. Er war sogar mal Löwendompteur im Zirkus.«

Ich konnte es kaum glauben. Mein kleiner Onkel ein Löwendompteur?

»O ja, Papa hat vor nichts Angst. Aber er konnte den Beruf nicht lange ausüben.«

»Zu gefährlich?«, fragte ich.

»Katzenhaarallergie.« Wieder stopfte sich Leonie so viele Bonbons in den Mund, wie gerade reinpassten.

»Sind die lecker?«, fragte ich sabbernd.

»Hmm«, schwärmte Leonie mit vollem Mund. »Wilft eims?«

Und wie. Ich wollte nicht nur ein Bonbon. Ich hätte mir am liebsten hundert Bonbons gleichzeitig in den Mund gestopft. Bei uns zu Hause waren Süßigkeiten seltener anzutreffen als der Yeti. Weil Oma quasi ständig auf Diät und zu schwach war, Süßem zu widerstehen, mussten wir alle ohne Zucker auskommen.

»Der Typ, dem der Laden gehört, ist ein totaler Stinkstiefel. Immer nur am Meckern.«

»Vielleicht ist er netter zu dir, wenn du ihn nicht dauernd beklaust.«

»Hm. Kann sein«, murmelte Leonie und warf sich ein weiteres Bonbon in den Mund.

»Warum versuchst du es nicht mal mit Ehrlichkeit?«, schlug ich vor.

»Warum sollte ich? Wir sind wichtig für die Welt. Wenn es uns Verbrecher nicht gäbe, wären die Zeitungen und das Internet nur voll mit langweiliger Politik und noch langweiligerem Tratsch über unendlich langweilige Prominente und ihre kleinen Hunde. Wer will denn so was lesen?«

»Niemand«, gab ich zu. »Aber vielleicht stünden dann lauter schöne Dinge in den Zeitungen. Außerdem jagen Verbrecher den Leuten Angst ein.«

»Ich? Ich bin zwölf Jahre alt. Ich bin noch dazu überraschend klein und dünn für mein Alter. Wer sollte sich vor mir fürchten?«, lachte sie.

Wir blieben noch eine ganze Weile schweigend sitzen, ließen uns die Sonne auf die Nase scheinen und beobachteten die Leute, die zu Hunderten an uns vorbei hetzten.

Ich sah Leonie zu, wie sie einen Lutscher und eine Zuckerstange nach der anderen verdrückte. Manchmal ist Ehrlichsein echt Mist.

Nachdem Leonie den letzten Lutscher verputzt hatte, hüpfte sie von der Mauer. »Los, wer als Erstes zu Hause ist.«

KAPITEL 7

Oma und der diesmal ganz bestimmt gefahrloseste Einbruch des Jahrhunderts

Ich kam rund eine Minute nach Leonie und völlig verschwitzt zu Hause an. Ich hatte Seitenstechen und schnappte nach Luft. Leonie spielte bereits ihr Schlagzeug. Sie war ziemlich gut und ziemlich laut. Ich setzte mich an den Küchentisch und trank ein paar Gläser Wasser.

»Wen haben wir denn da?«

»Oma!« Ich fuhr herum.

Oma stand etwas schief im Türrahmen und stützte sich auf einem Gehstock ab.

Ich umarmte sie so vorsichtig wie möglich, während sie meine Haare zerwuschelte.

»Wie geht es dir?«, fragte ich.

»Gut, gut. Kann mich nicht beschweren«, behauptete sie.

Aus dem Treppenhaus drang Lärm zu uns.

Meine Familie war zurück. Als Erste trat meine Mutter in die Küche. Sobald sie Oma entdeckte, ließ sie ihre Plastiktüte fallen.

»Mama.« Stürmisch umarmte sie Oma. »Immer langsam mit den jungen Pferden«, ächzte Oma.

Franz und Papa polterten kichernd durch die Tür. Franz trug einen Cowboyhut, Cowboystiefel und einen Ledergürtel, in dem eine Wasserpistole steckte. Und Papa sah mit Kopfschmuck, Tomahawk und Gesichtsbemalung aus wie ein echter Indianerhäuptling.

Während Papa etwas Zeit brauchte, um die Beleidigung zu kapieren, stürmte Franz auf Oma zu.

»Oma!« Auch er umarmte Oma heftig.

»Langsam, mein kleiner Revolverheld.«

»Die ist echt!«, behauptete Franz und zog seine Pistole.

»Dann ziel nicht auf mich«, sagte Oma.

Franz fuchtelte noch ein bisschen mit seiner falschen Pistole herum und steckte sie dann wieder in seinen Holster.

»Hallo, Oma. Schön, dich zu sehen«, sagte Papa hölzern und gab Oma so steif die Hand, als wären wir auf einer Beerdigung.

»Hör auf, mich Oma zu nennen.«

»Entschuldigung«, nuschelte Papa verlegen.

»Gut«, sagte Oma und mühte sich ein »Willkommen in New York« ab.

Jetzt, wo wir alle zusammen waren, ließ Mama für die Erwachsenen eine Flasche Sekt aufploppen. Für uns Kinder gab es, egal wie laut Leonie sich auch beschwerte, nur Zitronenlimonade. Da wir nicht genug Stühle hatten, zogen wir uns auf unser Matratzenlager zurück. Oma wollte sich nicht helfen lassen, und so dauerte es etwas, bis sie endlich saß. Ich kniete zwischen ihr und Mama. Leonie hatte sich auf ihren kleinen Hocker vor dem Schlagzeug gehockt und drehte sich unaufhörlich im Kreis.

»Da wird mir ja allein schon vom Zuschauen ganz schwindelig«, sagte Papa.

Mein Vater hatte zusätzlich zu seinem Nasenbluten-Problem auch einen nervösen Magen.

»Oh, wird meinem kleinen Pupsbär schlecht?«

Mama lachte Papa liebevoll aus. Der wurde rot.

»Nein, wird mir nicht. Und nenn mich nicht so«, beschwerte er sich leise.

»Pupsbär?«, fragte Mama.

»Ja. So möchte ich nicht genannt werden.«

»Worüber redet ihr da?«, fragte Tante Emily und schenkte Mama ein weiteres Glas Sekt ein.

»Mein Mann möchte nicht Pupsbär genannt werden«, erklärte Mama, und Papas Kopf wurde tomatenrot.

»Warum nicht?«, fragte Emily nach.

»Nun, ihm ist es unangenehm, dass er einen nervösen Magen hat und oft pupsen muss.«

»Ich dachte, er bekommt immer Nasenbluten, wenn er sich aufregt!«

»Das auch. Das Pupsen ist neu.«

»Pupsen und Nasenbluten? Das nenne ich mal Pech.«

»Frag mich mal! Wie willst du in einem Laden unauffällig was klauen, wenn deinem Komplizen Blut aus der Nase läuft und er Fürze knallen lässt, die das Schaufenster zum Zittern bringen?«

»Knallen?«

Mama nickte. »Wie Silvesterböller. Da wackeln die Wände.«

Papa zappelte auf seinem Stuhl herum, bis ihm der Kragen platzte. »Vielleicht könnten wir mal das Thema wechseln? Was ist mit dem Einbruch? Warum glaubst du, dass der Plan funktionieren wird?«, richtete sich Papa an Oma.

»Erstens, weil der Plan nicht von dir ist. Und zweitens ist der Galerist nachlässig. Er ist ziemlich alt und plant, bald in den Ruhestand zu gehen. Entsprechend schwach sind seine Sicherheitsvorkehrungen. Sein Tresorraum ist aus den fünfziger Jahren. Da breche ich mit einem Streichholz ein.«

»Mit einem abgefackelten oder einem unbenutzten Streichholz?«, fragte Franz mit offenem Mund.

Oma ignorierte ihn.

»Klingt toll«, fand Mama.

Papa war noch nicht überzeugt.

»Aber was machen wir mit den Bildern, wenn wir sie haben?«

»Ich habe Kontakte.« Onkel Harry zwinkerte Papa zu. »Mach dir darüber mal keine Sorgen.«

KAPITEL 8

Was hat sie bloß vor?

Zur Feier des Tages und weil Mama vom Sekt trinken immer einen Bärenhunger bekommt, lud uns Onkel Harry zum Hamburger-Essen ein. Die waren echt spitze. Viel besser als die furztrockenen Frikadellenbrötchen, mit denen Papa uns immer quälte. Die Hamburger waren so riesig, dass man sie ohne Kleckern nicht in den Mund bekam. Franz und ich sahen aus, als hätten wir uns die Hamburger gegenseitig aufgeklappt ins Gesicht geworfen. Gürkchen klebten in unseren Haaren, Mayonnaise verzierte unser Gesicht, und Ketchup lief uns den Hals hinunter. Mama war so gut gelaunt, dass sie sich kaputtlachte, anstatt uns auszuschimpfen. Tante Emily ahmte den ganzen Abend Stimmen von Prominenten nach, von denen ich keinen einzigen kannte. Es war ein toller, superlustiger Abend. Sogar Papa amüsierte sich prächtig. Zumindest solange, bis er die Rechnung zahlen sollte, weil Onkel Harry sein Portemonnaie vergessen hatte. Und da Papa sicherheitshalber auch seine Geldbörse vergessen hatte, mussten wir die Zeche prellen.

Wir hatten schon Routine darin. Die Aufgabe von uns Kindern war, für Ablenkung und Chaos zu sorgen. Da ich ja ehrlich war, hielt ich mich allerdings raus. Unsere Eltern verabschiedeten sich Richtung Toiletten, während Leonie und Franz »Essensschlacht« schrien und von ihren Stühlen aufsprangen. Sie bewarfen die anderen Gäste mit unseren Essensresten. Pommes, Salat und Fleischfetzen schossen durchs Lokal. Und während die Erwachsenen aus dem Klofenster kletterten, rannten wir durch die Vordertür raus.

Nachdem wir wieder zu Hause waren, wünschten wir Oma eine gute Nacht und verzogen uns in unser Schlafzimmer. Ich schlüpfte in meine alte Jogginghose, die ich immer zum Schlafen trug, zog ein altes T-Shirt von Papa über und legte mich zu den anderen, die alle schon schnarchten.

Nur ich konnte nicht schlafen. Papa und Onkel Harry sägten um die Wette, und Franz zerrte an meiner Decke. Ich hielt mir die Ohren zu und sah auf meine Uhr. Es war kurz nach zwei Uhr nachts. Plötzlich sah ich einen Schatten. Es war Leonie. Sie hatte sich aufgesetzt und schob vorsichtig ihre Decke zur Seite. Dann stand sie auf. Ich beobachtete sie aus den Augenwinkeln. Sie krabbelte zu ihrem Schlagzeug und fummelte daran herum. Wollte sie jetzt etwa trommeln? Vielleicht um uns aus dem Schlaf zu reißen? Um uns einen Höllenschreck einzujagen? Das hätte zu ihr gepasst.

Aber Leonie trommelte nicht. Stattdessen schien sie etwas aus der dicken Bass Drum herauszuholen. Ich konnte nicht erkennen, was es war. Eine Zigarrenkiste vielleicht oder ein Schuhkarton.

Als Leonie an mir vorbeischlich, stellte ich mich schlafend. Sie trug immer noch die Kleider, die sie gestern getragen hatte. Außerdem hatte sie ihre Schuhe an. Was hatte sie vor? Musste sie aufs Klo? Aber warum trug sie dann ihre Straßenschuhe? Gut, das Badezimmer sah wüst aus. Aber es war nur unaufgeräumt. Es war nicht dreckig. Auch der Boden klebte nicht. Was aber nur daran lag, dass mein Bruder bislang immer auswärts pinkeln war.

Jedenfalls gab es keine logische Erklärung für die Schuhe.

Als Leonie die Schlafzimmertür hinter sich geschlossen hatte, überließ ich die ganze Decke meinem Bruder und huschte hinterher. Ich drückte ganz langsam den Griff nach unten und öffnete vorsichtig die Tür. Nur einen Spalt.

Leonie saß am Küchentisch und wandte mir den Rücken zu. Ich konnte erkennen, dass sie eine Taschenlampe in ihren Händen hielt. Vor ihr auf dem Tisch lagen ein paar Zettel, die sie intensiv studierte. Doch so sehr ich mich auch bemühte, es gelang mir nicht, einen Blick auf die Blätter zu werfen. Dann packte Leonie alles zusammen und steckte es in ihre kleine Umhängetasche.

Ich wollte mich etwas näher heranschleichen und trat einen Schritt vor. Der Holzboden knarrte. Wie der Blitz huschte ich zurück, ging hinter der Tür in Deckung und hielt die Luft an.

Leonies Stuhl kratzte über den Boden. Ihre Taschenlampe strahlte in unser Zimmer. Ich wagte nicht, mich zu rühren. Dann wurde es wieder dunkel. Als ich mich traute, erneut einen Blick in die Küche zu werfen, war Leonie verschwunden. Sie hatte das Haus verlassen. Und das um zwei Uhr nachts.

Ich flitzte zum Fenster und sah hinaus. Leonie schob ein kleines Fahrrad über den Gehweg. Es war rosa und hatte einen Fahrradkorb am Lenker, in dem ein Teddy saß. Sie schwang sich in den Sattel und radelte im schwachen Schein der Straßenlaternen die Straße hinunter.

KAPITEL 9

Leonies Geheimnis

Am nächsten Morgen schlief ich von allen am längsten. Als ich gähnend die Küche enterte, saßen alle anderen bereits frisch geduscht am Tisch und löffelten Cornflakes. Sogar Leonie saß putzmunter da und grinste. Alle schienen bester Laune zu sein. Bis auf Oma. Die hielt sich wie jeden Morgen knurrend an ihrer Kaffeetasse fest und verteilte böse Blicke.

Oma ist wirklich eine tickende Zeitbombe, bis man sie mit Kaffee aufgefüllt hat.

Ich schnappte mir ein Schälchen von der Spüle, schüttete Cornflakes hinein und goss Milch drüber.

»Guten Morgen, Leonie«, säuselte ich. »Gut geschlafen?«

»Klar«, schmatzte Leonie, ohne aufzublicken.

»War die Nacht nicht etwas zu kurz?«, fragte ich.

Leonie zögerte einen Moment, bevor sie weiterlöffelte. »Nein. Lang genug«, sagte sie. Ihre Stimme klang etwas zittrig. »Warum fragst du?«

»Nur so. Ich konnte nämlich nicht gut schlafen. Ich lag noch lange wach.«

»Aha. Was war los?«, fragte sie lauernd.

»Nichts. Nichts Besonderes zumindest. Irgendwer war mal in der Küche. Aber als ich nachgeschaut habe, war die Küche leer. Verrückt, was?«

»Ja. Verrückt.« Leonie lachte übertrieben laut. Sie schlug sich auf die Oberschenkel und hielt sich ihren Bauch.

»Weißt du, wer in der Küche war?«, fragte ich.

»Ich?«, kreischte sie fast. »Keine Ahnung. Vielleicht ein Geist?«

Leonie mochte zwar wild und mutig sein, eine gute Lügnerin war sie nicht.

»Es gibt hier Geister?«, fragte Franz mit offenem Mund und präsentierte uns seine schleimige Cornflakes-Pampe.

»Nein. Gibt es nicht«, beruhigte ihn Mama.

Leonie schob die noch halbvolle Schüssel von sich weg. Dann stand sie auf, reckte sich und behauptete: »Ah, bin ich voll! Ich muss mal einen Verdauungsspaziergang machen. Emily, das Frühstück war köstlich!«

»Aber ich habe doch gar nichts gemacht«, sagte Tante Emily verwirrt.

»Eben!«, rief Leonie. Sie schob ihren Stuhl unter den Tisch und zischte mir »Ich muss dich sprechen. Unten in der Bäckerei! In zwei Minuten« ins Ohr.

»Soll ich auch zu dem Geheimtreffen kommen?«, fragte Franz flüsternd.

»Nein«, sagte Leonie. »Nur Eduard.«

»Oh, schade. Darf ich wirklich nicht?«

»Nein. Du bleibst hier, verstanden?«, zischte Leonie böse.

Mein Bruder zuckte zusammen. »Ist ja gut.«

»Ahhhh …« Leonie reckte die Arme in die Luft, als wäre sie gerade aus einem erholsamen Nickerchen erwacht. »Das Wetter ist herrlich. Ich gehe jetzt mal ein Runde um den Block.«

Leonie tänzelte aus der Küche. Ich hörte sie die Stufen der Treppe hinunterhopsen.

In aller Ruhe futterte ich meine Schüssel leer und folgte ihr. Als ich die alte Bäckerei betrat, stand Leonie im Schatten. Sie hatte zwei Stühle vom Tisch heruntergehoben und mitten in den Raum hingestellt.

»Hallo, Eduard. Darf ich Ede sagen?«, begrüßte sie mich.

»Bitte nicht«, antwortete ich.

»Gut. Wie du willst. Aber trotzdem: Ich denke, wir sollten uns mal unterhalten. Setz dich doch.« Leonie bot mir den Stuhl an.

Und obwohl sie nur ein kleines Mädchen mit Teddybärenmütze und gelbem Kleidchen war, setzte ich mich lieber. Irgendwas hatte sie an sich, dass man sich lieber nicht mit ihr anlegte.

»Eduard. Eduard. Eduard.« Leonie lächelte, als sie sich auf den Stuhl gegenübersetzte. »Du meinst also, letzte Nacht etwas gesehen zu haben?«

»Ich meine das nicht nur. Ich habe etwas gesehen.«

Wieder lachte sie.

»Und was, glaubst du, gesehen zu haben?«, fragte sie sanft und einschmeichelnd.

»Dich.«

»Mich?« Sie patschte sich gekünstelt mit ihrer rechten Hand vor die Brust und spielte die Überraschte.

»Ja. Dich«, sagte ich.

Jetzt rückte Leonie mir ganz nah auf die Pelle. »Was hast du gesehen?«, zischte sie. Ihr rechtes Augenlid zuckte.

»Ich habe gesehen, wie du irgendwas aus dem Schlagzeug gefummelt hast. Dann bist du in die Küche geschlichen und hast dir Zettel angesehen, und danach bist du mit dem Fahrrad weggefahren.«

Leonies Lächeln fror ein. Sie atmete tief durch. »Kann ich dir trauen?«, fragte sie.

»Ich werde dich nicht verraten.«

Sie musterte mich lange. Ich mochte es nicht, so angestarrt zu werden, und wurde unruhig. Ich konnte Leonie ansehen, dass ihr Gehirn auf Hochtouren arbeitete. Sie rang mit sich. Dann stand sie auf. Sie schloss die Tür der Bäckerei, kehrte zurück und flüsterte: »Schwöre es!«

»Was?«

»Dass du mich nicht verpfeifst, egal was ich plane.«

»Ich schwöre es.«

Leonie lachte auf. »Nein. Mein Freund. Ich will den Käsebier-Verbrecherschwur!«

»Muss das sein?«, stöhnte ich.

Der Schwur wurde angeblich von meinem Urgroßvater Hinrich Käsebier verfasst. Und zwar nachdem sein Sohn Golo ihn wegen eines Stückchens Lakritze bei der Polizei verpfiffen hatte.

»Das ist ein Schwur für Verbrecher. Und ich bin kein Verbrecher mehr«, sagte ich.

Leonie lachte künstlich. »Du bist ein Käsebier. Und das bedeutet, dass du ein Verbrecher bist, auch wenn du es selbst nicht glaubst. Einmal Verbrecher, immer Verbrecher – so läuft das bei den Käsebiers.«

»Unsinn! Jeder Mensch kann selber entscheiden, ob er ein …«

»Schwöre!«, schrie Leonie.

Nicht weil ich Angst vor Leonie hatte, sondern weil ich einfach zu neugierig war, knickte ich ein. »Na gut«, murmelte ich und versuchte, mich an den dusseligen Schwur zu erinnern. Den genauen Wortlaut bekam ich nicht mehr zusammen, aber ich hob meine rechte Hand. »Wir stehlen und rauben, wir klauen und betrügen. Wir sind stolze Verbrecher. Ganoven sind wir mit Leib und Seele. Wir öffnen Schlösser, Türen und Tresore. Aber unsere Lippen bleiben verschlossen! Niemand wird verraten. Niemals. Ganovenehrenwort!«

Leonie schien zufrieden. »Gut. Gut.« murmelte sie. »Hör genau zu …« Gerade als sie loslegen wollte, flog die Tür auf, und unsere komplette Familie stand im Zimmer. Alle trugen blaue Helme, blaue Overalls, Schaufeln und Spitzhacken. Sie sahen aus wie die sieben Zwerge auf dem Weg ins Bergwerk. Nur schlechter gelaunt.

»Wir gehen graben«, erklärte Papa in einem Tonfall, als wäre er auf dem Weg zu seiner eigenen Hinrichtung oder müsste gleich eine Mathearbeit schreiben.

»Viel Spaß«, riefen Leonie und ich gleichzeitig. Wir konnten uns ein schadenfrohes Grinsen nicht verkneifen.

Während die Bergmänner und -frauen in den Keller weiterzogen, hörte ich meinen Bruder. Er meckerte: »Warum muss Eduard nicht mithelfen? Das ist gemein.«

»Weil Eduard ein missratenes Kind ist, das ehrlich geworden ist«, hörte ich meine Mutter antworten.

»Und warum muss Leonie nicht …«

»Weil sie zu klein und viel zu zart für die harte Arbeit ist«, sagte Onkel Harry.

»Sie ist eine Prinzessin«, ergänzte Tante Emily spitz.

Leonie freute das. Sie grinste über beide Backen. »Viel Spaß im Dreck, Emily«, schrie sie ihrer Stiefmutter hinterher.

Die Tür zum Keller fiel zu. Wir waren wieder unter uns. Leonie packte meine Hände und sah mir fest in die Augen. »Ich brauche Hilfe. Alleine schaffe ich es nicht!«

Ich zog meine Hände weg. »Ich werde dich nicht verraten, aber ich werde dir auch nicht helfen«, sagte ich.

»Warum nicht?«

»Weil ich keine Verbrechen mehr begehe! Ich bin ehr…«

»Ja, ja. Du bist ehrlich! Ich weiß.« Leonie verdrehte die Augen und machte Furzgeräusche, bevor sie fortfuhr.

»Pass auf, Eduard, ich habe gute Nachrichten für dich: Ich plane kein Verbrechen.«

»Nicht?«

»Nein. Ich plane eine Schatzsuche!«

»Eine Schatzsuche.«

»Ja.«

»Kein Verbrechen?«

»Nö.«

Ich blieb skeptisch. Mit der Wahrheit nahm man es in unserer Familie nicht so genau. Auch untereinander nicht.

Leonie legte ihre Hand auf meinen Arm. »Kein Verbrechen, vertrau mir.« Sie klimperte mit ihren Augen und lächelte, als ob sie das unschuldigste Mädchen der Welt wäre. »Ich suche einen Schatz, also sei du auch einer und hilf mir.«

Ich besaß nur ein einziges Buch. Und darin ging es um Piraten, die einen Goldschatz auf einer einsamen Insel suchten. Ich liebte dieses Buch. Und ich liebte Schätze. »Erzähl«, sagte ich mit zittriger Stimme.

Leonie hopste wieder auf ihren Stuhl. »Pass auf! Pass genau auf! Das hier …«, flüsterte sie und breitete ein Papier auf dem staubigen Tisch aus, »… ist eine Schatzkarte!«

Das Papier war vergilbt und rissig und definitiv alt. Trotzdem war ich enttäuscht. Es war keine Zeichnung zu erkennen.

In meinem Buch gab es eine echte Schatzkarte. Und das war eine echte Zeichnung von einer echten Insel. Mit Stränden, Höhlen und Felsen, die wie Totenköpfe geformt waren, und einem dicken Kreuz, genau dort, wo man nach dem Gold buddeln musste. All das fehlte. Auf Leonies angeblicher Karte hatte nur jemand mit schwarzer Tinte ein paar Zahlen und Wörter gekritzelt, die ich nicht lesen konnte.

Als Leonie meinen fragenden Blick bemerkte, sagte sie stolz: »Das ist Französisch.«

»Und was bedeutet es?«, fragte ich.

»Dass wir bald unvorstellbar reich sein werden!«, sagte Leonie ernst.

»Was steht denn da?«, hakte ich nach.

»Das verrate ich dir erst, wenn ich mir sicher bin, dass ich dir trauen kann.« Sie rollte das Papier zusammen und steckte es weg. »Machst du mit?«, fragte sie.

»Bist du dir sicher, dass es diesen Schatz gibt?«

»Ich weiß es tausendprozentig sicher! Also, bist du dabei?«

Und wie ich dabei war. Eine Schatzsuche war tatsächlich kein Verbrechen, sondern ein Abenteuer mit der Aussicht auf Reichtum! Ein grundehrlicher Spaß für grundehrliche Bürger!

Das nahm ich zumindest an.

Kurz.

»Allerdings müssen wir dafür ...« Leonie legte wieder ein großes Blatt Papier auf den Tisch. Diesmal handelte es sich um einen sehr groben, selbst ge-

zeichneten Stadtplan von New York. »… in die Freiheitsstatue einbrechen.«

Auf dem Plan erkannte man den Hudson und den East River. Die zwei Flüsse, die aus Manhattan eine Halbinsel machen und gemeinsam an Manhattans Spitze in die Upper Bay mündeten. Und in der Upper Bay lag Liberty Island. Die Insel der Freiheitsstatue.

»Wie bitte? Wir sollen in die berühmteste Sehenswürdigkeit Amerikas einbrechen?«

»Ja. Aber keine Sorge, das ist ein Klacks. Wie Fische fangen aus einem Eimer.«

»Ein Einbruch ist aber …«

»Wir klauen ja nichts. Wir brechen da ein, holen uns den Schatz und verschwinden wieder. Niemand wird etwas bemerken.«

»Einbruch bleibt Einbruch. Ob man etwas klaut oder nicht.«

»Aber was ist, wenn der Schatz, den wir uns holen, bereits gestohlen wurde?«

»Was meinst du?«

»Ist es Diebstahl, wenn man etwas bereits Gestohlenes stiehlt?«

Ich dachte nach. Wenn Franz Omas Gebiss klaut, um damit Eishockey zu spielen, und ich nehme ihm das Gebiss heimlich weg, um damit meine Mathelehrerin zu erschrecken, habe ich das Gebiss dann gestohlen? Konnte ich Franz etwas stehlen, wenn es ihm gar nicht gehörte?

Gute Frage.

Komplizierte Frage.

Ich kam nicht weiter. »Weiß ich nicht. Aber ein Einbruch bleibt ein Einbruch, auch wenn man etwas bereits Geklautes stiehlt!«, antwortete ich schließlich.

Leonie sah mich mit ihren großen braunen Augen an und schüttelte verächtlich ihren Kopf. »Du bist so pingelig. Ein echter Korinthenkacker.«

»Außerdem liegt die Freiheitsstatue auf einer Insel vor New York! Wie sollen wir da hinkommen?«, fragte ich und hoffte insgeheim, dass Leonie für dieses Problem noch keine Lösung gefunden hatte.

Ihr breites Grinsen verriet mir: Sie hatte.

»Ich habe ein Boot«, sagte sie lässig. »Allerdings brauchen wir noch Stoff, den wir als Segel benutzen können.«

»Kannst du kein Bettlaken nehmen oder Klamotten, die ihr nicht mehr braucht?«

Leonie lachte. Ihr Lachen klang ein wenig traurig.

»Wenn ich hier ein Bettlaken wegnehme, schläft einer von uns auf der nackten Matratze. Wir haben keinen Ersatz. Wir besitzen exakt, was sich in dieser Wohnung befindet. Sonst nichts.«

Das war wenig. Mir war bei einem routinemäßigen Blick in die Schränke schon aufgefallen, dass unsere Verwandtschaft noch weniger Klamotten besaß als wir. Bislang war ich davon ausgegangen, dass die Cheesebeers noch eine zweite Wohnung haben mussten. Und dass sie nur das Nötigste mit nach New York gebracht hatten, um schnell abhauen zu können, falls jemand ihre Buddelei bemerkte.

»Das macht mir nichts aus. Nimm mein Laken«, bot ich an.

»Das bringt nichts. Emily wird es auffallen. Und dann wird sie dich so lange löchern, bis du verrätst, was wir damit angestellt haben.«

»Ich werde lügen oder gar nichts sagen. Ich kann mich auch dumm stellen.«

Leonie schüttelte den Kopf. »Emily ist zu gut. Sie wird dich durchschauen. Sie ist sehr misstrauisch, und du bist zu weich. Du hast gegen sie keine Chance.«

Ich wollte protestieren, aber Leonie unterbrach mich. »Glaub mir. Ich weiß, wovon ich spreche. Deshalb müssen wir Sachen von euch nehmen. Habt ihr vielleicht Kleidung übrig, die ihr nicht braucht?«

Auch wir besaßen nicht viel. Daher reisten wir mit leichtem Gepäck. Jacken hatten wir jeweils nur eine, T-Shirts jeder nur zwei. Die konnten wir also nicht nehmen. Schließlich wollten wir mindestens drei Wochen bleiben.

»Papas Unterhosen«, fiel mir auf einmal ein.

Wegen seines nervösen Darms hatte Papa zur Sicherheit immer jede Menge Unterhosen dabei. Wenn da ein paar fehlten, würde das niemandem auffallen.

Leonie dachte kurz nach, haute dann mit ihrem Fäustchen auf ihren Oberschenkel und nickte zufrieden. »Spitze. Ich hole Nähzeug und du die Unterhosen.«

»Gut, ich helfe dir beim Segel. Aber dann bin ich raus.« Ich stand auf.

»Aber bitte nur frische Unterhosen!«, forderte Leonie.

»Natürlich!«, sagte ich. Als ob ich Papas getragene Unterhosen anfassen würde.

KAPITEL 10

Das Boot, der Plan und das Seepferdchen

Es war gegen elf Uhr, als wir den Broadway Richtung Downtown radelten. Zwar wollten wir erst heute Abend im Schutze der Nacht zur Freiheitsstatue übersetzen, aber Leonie war es lieber, wenn wir das Segel bei Tageslicht befestigten. »Sicher ist sicher.« Außerdem wollte sie mir unbedingt ihr Boot zeigen.

»Es ist toll! Eine echte Schönheit. Du wirst staunen!«

Unser Unterhosensegel lag zusammengefaltet im Körbchen an der Lenkerstange. Wir hatten insgesamt acht fast saubere Unterhosen miteinander vernäht. Ich saß hinten auf dem Gepäckträger und klammerte mich an Leonie, die mit ihren dünnen Beinchen überraschend kräftig in die Pedale treten konnte.

Der Verkehr war die Hölle. Über die Bürgersteige schoben sich Massen von Menschen, und auf der Straße ging fast nichts mehr. Millionen Autos fuhren im Schneckentempo kreuz und quer und hupten, als ob das irgendwas ändern würde. Wir schlängelten uns an den stehenden Autos vorbei, ließen uns von wütenden Fahrern anbrüllen und klingelten Fußgänger aus dem Weg.

Nach einer halben Stunde Slalom erreichten wir den Park. Er lag direkt am Wasser. Weit entfernt am Horizont sah man die Freiheitsstatue auf ihrer Insel aufragen. Es war ein ganz schönes Stück bis dahin. Selbst die großen Fähren brauchten fast eine halbe Stunde, bis sie die Insel erreicht hatten. Leonie stellte ihr Rad ab, verschloss es und nahm unser Segel aus dem Korb.

Sie führte mich zu einem Steg, an dem mehrere majestätische Schiffe vertäut waren. Weiß wie Schnee waren sie und größer als Omas Haus.

»Das ist es! Das ist mein Schiff!«, rief Leonie stolz und zeigte auf das kleinste und kaputteste Segelboot der Welt. Es hatte Schlagseite, war kaum größer als ein Ruderboot und mit einem dünnen Seil am Steg befestigt. Die Farbe war längst abgeblättert, das Holz teilweise zersplittert, und der Mast ragte schief aus dem Rumpf. Ich bemühte mich, meine Enttäuschung nicht zu zeigen. Leonie war wirklich ungeheuer stolz auf ihr Boot. Auch wenn es einem Wunder glich, dass ihr Wrack nicht längst abgesoffen war.

»Hast du dafür dein Handy eingetauscht?«, fragte ich.

»Allerdings! Ein super Geschäft war das! Los, spring drauf! Sieh es dir an«, forderte Leonie mich auf.

Ich kletterte eine rostige Leiter hinab, hopste auf das Boot und stand sofort knietief im Wasser. »Ihh!«, schrie ich. »Das Boot ist voll Wasser gelaufen!«

»Ja, es ist nicht ganz dicht. Aber das ist nicht schlimm.«

»Wie kann ein nicht wasserdichtes Schiff nicht schlimm sein?«, fragte ich. Wasserdicht zu sein war doch die Hauptaufgabe eines Schiffes.

»Vorne treibt ein Eimer. Kipp das Wasser einfach raus«, rief Leonie mir zu.

Ich schüttete Eimer um Eimer Wasser aus dem Boot, bis es mir nur noch bis zu den Knöcheln reichte.

»So. Das ist genug, denke ich«, sagte ich zu Leonie, doch die lag platt zwei Meter über mir im Trockenen auf dem Steg, hatte Kopfhörer auf den Ohren und ließ tennisballgroße Kaugummiblasen platzen.

Ich musste noch ein paar Mal brüllen, bis sie endlich ihre Kopfhörer absetzte.

»Was ist?«

»Das Wasser ist raus.«

»Super. Mach das Segel fest«, rief sie zurück, ohne aufzusehen, und stülpte sich ihre Kopfhörer wieder über.

Ich entfaltete das Segel und verknotete es am Mast.

Gerade, als ich den letzten Knoten festgezurrt hatte, kam eine Böe auf. Sofort blähten sich Papas Unterhosen. Wie acht fette Popos wehten sie stolz am Mast, und das Boot ruckte nach vorn. Ich fiel nach hinten. Platschend landete ich im brackigen Wasser.

Das Bötchen schwankte, und das Seil, mit dem es vertäut war, spannte sich. Plötzlich riss das Seil mit einem Knall, und Leonies Nussschale segelte los. Mit mir als einzigem Passagier. Ich geriet in Panik. Ich konnte zwar schwimmen, aber nicht sonderlich gut oder ausdauernd. Also bückte ich mich über die morsche Reling und begann, mit meinen Händen wie irre zu paddeln. Ich musste wieder zurück, bevor ich von der Strömung erfasst und auf das offene Meer gerissen würde.

Es funktionierte! Das Boot bewegte sich. Allerdings nicht so, wie ich gedacht hatte. Anstatt wieder zum Steg zu schippern, drehte sich der Kahn nur im Kreis und trieb immer weiter ab.

Der Steg entfernte sich. Ich konnte Leonie nur noch schwach erkennen. Sie lag immer noch rum und hörte Musik.

Das Wasser wurde immer unruhiger. Ich wurde schneller.

»Leonie!!!!«

Keine Reaktion.

»LEEEOOONNNIIIEEE!«

Nichts.

Die Hupe eines LKWs erscholl. Tief, bedrohlich und unglaublich laut dröhnte sie über das Wasser.

Ein LKW auf dem Wasser?

Ich fuhr herum.

Ein Ausflugsdampfer. Fünfzigmal so groß wie Leonies Nussschale kam er auf mich zu gerast. Dieses Monstrum würde mich zermalmen, ohne es zu bemerken. Ich paddelte, so schnell ich konnte, drehte mich aber weiter nur im Kreis. Möwen schwebten über mir und lachten mich aus. Das Schiff kam näher. Wieder dröhnte das Horn, diesmal klang es wie ein zu allem entschlossener Dinosaurier. Der Dampfer kam näher und näher. Das Wasser wurde immer wilder. Dann endlich drehte sich die Nase des Schiffs zur Seite weg. Der Kapitän hatte mich bemerkt und beigedreht.

Es fuhr wenige Meter an mir vorbei.

An Bord befanden sich Hunderte von Menschen. Ich winkte ihnen zu. Ruderte mit meinen Armen. Schrie »Hilfe!«, aber anstatt mir zu helfen, winkten die dusseligen Touristen nur zurück und schossen Fotos von mir. Das vollbesetzte Touristenschiff pflügte durchs Wasser und erzeugte Wellen. Hohe Wellen. Sie rasten auf mich zu. Mein Boot begann zu schaukeln. Erst leicht, dann immer höher. Ich fühlte mich, als säße ich auf einer Wippe. Hoch und runter. Ich klammerte mich fest, krallte meine Fingernägel in das morsche Holz und versuchte zu ignorieren, dass mir das Wasser schon wieder bis zu den Knien stand. Hektisch fing ich an, es wieder mit dem Eimer aus dem Boot zu schaufeln, als auf einmal eine Stimme erklang.

»Nimm das Seil. Wir ziehen dich an Land.«

Als ich aufblickte, entdeckte ich eine Frau in Uniform. Sie stand an Bord eines Schiffes der Küstenwache und warf mir ein Seil zu. Ich befestigte es am Bug, und die Küstenwache zog mich langsam zurück zum Steg.

KAPITEL 11

Gemeine Gesellschaft unter der Decke

Nachdem ich der Küstenwache erklärt hatte, was passiert war, ließ man mich ziehen. Da Leonie verschwunden war und mir das Geld für die U-Bahn oder den Bus fehlte, musste ich wohl oder übel zu Fuß nach Hause latschen. Zum Glück hatte ich mir diesmal den Weg nach guter alter Verbrechertradition genau eingeprägt. Falls man mal schnell die Flucht ergreifen muss, ist es nämlich wichtig, zu wissen, in welche Richtung man abhauen sollte.

Als ich endlich im Haus von Onkel Harry und Tante Emily ankam, war natürlich mal wieder die Hölle los.

Papa hatte sich beim Tunnelbau den Rücken verrenkt. Nun lag er zusammengerollt wie ein Baby auf dem Küchenboden und jammerte lautstark mit Leonies Getrommel aus dem Nebenzimmer um die Wette.

Mama und Tante Emily versuchten, ihn hochzuziehen. Aber Papa klammerte sich schreiend an den Küchentisch und weigerte sich aufzustehen.

Was ich nachvollziehen konnte.

Mit seinem Hexenschuss gehörte er ins Bett. Da gab es nur zwei kleine Probleme. Erstens gab es nur ein Bett, und zweitens lag in dem schon meine Oma mit ihrer morschen Hüfte.

Papa wollte auf gar keinen Fall zu Oma ins Bett. Und Oma wollte auf gar keinen Fall neben Papa liegen.

»Seine Dummheit ist bestimmt ansteckend!«, hörte ich sie aus ihrem Zimmer schimpfen.

»Lasst mich doch einfach auf dem Boden liegen. Fünf Minuten nur. Dann geht es bestimmt wieder«, jammerte Papa.

»Das kommt überhaupt nicht in Frage. Du legst dich zu Oma ins Bett und bekommst eine Wärmflasche.«

»Ich will aber …«

»Ins Bett!«, befahl Mama laut, und Papa knickte ein. Wie eigentlich immer. Tante Emily und Mama wuchteten ihn vom Boden hoch und nahmen ihn in ihre Mitte. Schief und gebückt, als wäre er zweihundert Jahre alt, hievten sie Papa zu Oma ins Bett.

KAPITEL 12

Alles Gute zur Hochzeit!

Ich hatte kurz darüber nachgedacht, Leonie zur Rede zu stellen, warum sie mich am Hafen alleine zurückgelassen hatte. Aber ich ließ es bleiben. Erstens trommelte sie die ganze Zeit wie verrückt, und zweitens gehörte es bei den Käsebiers zum guten Ton, Familienmitglieder im Stich zu lassen, wenn Polizei auftaucht. Stehen die Bullen vor der Tür, zählt weder Freund noch Familie.

Erst als sich Franz und Onkel Harry gegen Abend völlig verdreckt und erschöpft in die Küche schleppten, legte Leonie die Schlagzeugsticks zur Seite und kletterte auf den Schoß ihres Vaters.

»Seid ihr bald fertig mit eurem Tunnel«, fragte sie zuckersüß.

»Sind wir!«

»Toll, Papa. Dürfen wir uns den Tunnel ansehen?«

»Klar!«

Leonie gab ihrem Vater einen dicken Schmatz auf die Wange, und zu dritt gingen wir den Tunnel bewundern.

Sie waren tatsächlich ein paar Meter weitergekommen. Allerdings wurde der Tunnel immer enger. Selbst Leonie musste am Schluss auf allen vieren krabbeln.

»Wieso macht ihr den Tunnel nicht breiter?«, fragte sie.

»Weil die Erde felsig und die Bohrmaschine kaputt ist. Außerdem müssen wir uns beeilen«, erklärte Onkel Harold.

Er hob einen verrußten, qualmenden Plastikklumpen vom Boden auf und zeigte ihn uns.

»Wie konnte das denn passieren?«, fragte Leonie, während ich mir sicher war, die Antwort bereits zu kennen.

»Onkel Klaus hat versucht, die Bohrmaschine aufzumotzen, damit sie mehr Wumms hat, und tja, … hat nicht geklappt. Sie hat kurz gebrummt, dann gab es einen Knall, und sie ist in Flammen aufgegangen.«

Genau das war die Antwort, die ich erwartet hatte.

Onkel Harry ließ den Klumpen Schrott fallen. »Aber was habt ihr beiden denn den ganzen Tag getrieben?«, fragte er.

»Wir haben uns die Stadt angesehen«, log Leonie.

»Schön«, sagte ihr Vater. »Was hältst du davon, wenn du uns was zum Abendessen holst?«

»Mach ich.«

Wir gingen wieder hoch. Leonie stürmte sofort weiter ins Schlafzimmer.

In Omas Zimmer hörte ich Papa und Oma. Sie stritten sich mal wieder.

»Ich habe nicht gefurzt! Das war die Matratze. Sie hat gequietscht«, schrie Papa.

»Und was stinkt hier so?«

»Was weiß ich? Vielleicht deine Füße!«

»Was willst du damit sagen?«

Das konnte noch ewig so weitergehen. Ich schloss die Tür.

Als Leonie zurückkam, trug sie statt ihres gelben Kleides ein schwarzes mit Spitze am Kragen und einem breiten Gürtel mit goldener Schnalle am Bauch. Und statt ihrer Turnschuhe trug sie glänzende schwarze Lackschuhe. Nur ihre Bärenmütze hatte sie nicht abgelegt. Trotzdem sah sie richtig fein aus. So, als müsse sie zu einer Beerdigung oder vor Gericht.

»Willst du deinen Freund nicht mitnehmen?«, fragte Onkel Harry und lächelte mir zu.

Leonie wirkte wenig begeistert. »Von mir aus.« Sie musterte mich von Kopf bis Fuß.

»Hast du ein Hemd und eine Stoffhose dabei?«

»Habe ich«, sagte ich.

»Dann zieh dich um«, befahl Leonie.

Ich kapierte zwar nicht, warum wir uns zum Einkaufen so schick machen mussten, trotzdem beeilte ich mich. Ich zog mein bestes Hemd und meine einzige Stoffhose an, kämmte mich und wienerte mit meinem T-Shirt meine Schuhe, bis sie glänzten.

Als ich in die Küche kam, rief Onkel Harry begeistert: »Schau mal einer an, unser Eduard ist von einem feinen Herrn kaum zu unterscheiden!«

Er klopfte mir anerkennend auf die Schulter.

»Ich verrate dir ein Geheimnis«, flüsterte er mir ins Ohr. »Wer so gekleidet ist wie du jetzt, dem stehen alle Türen offen! Bankbetrug! Versicherungsbetrug! Diebstahl bei Juwelieren, in feinen Restaurants essen und die Zeche prellen! Die Möglichkeiten sind unerschöpflich! Ergreife sie!«

Leonie beäugte uns misstrauisch. Ihr gefiel nicht, dass ihr Vater mich mochte.

»Ja ja. Und was zu essen holen, kann man damit auch. Können wir dann los?«, meckerte sie.

KAPITEL 13

Ein überraschender Ehrengast

Wir marschierten schweigend durch die Straßen. Dabei liefen wir an diversen italienischen Lebensmittelläden und zwei bis unter die Decke vollgestopften Supermärkten vorbei.

Gerade als ich Leonie fragen wollte, wo wir denn überhaupt hinmussten, stoppte sie vor einer kleinen Kirche. Sie sah auf ihre Uhr, sagte »Perfekt!« und drückte mir Reiskörner in die Hand. »Zum Schmeißen«, erklärte sie, dann lief sie die Treppen zum Eingang der Kirche hoch.

Keinen Moment zu früh. Die Glocken begannen zu läuten, die Flügeltüren der Kirche öffneten sich, und fein gekleidete und ebenso gutgelaunte Menschen strömten ins Freie. Sie bildeten direkt vor der Tür eine Gasse. Leonie und ich standen mittendrin, und dann wurde es richtig laut.

Eine Braut in Weiß und ihr Bräutigam mit Rose im Knopfloch schritten Hand in Hand aus der Kirche. Alle jubelten und warfen Reis hoch, damit er auf das Brautpaar niederregnen konnte. Bis auf Leonie, die feuerte dem Bräutigam den Reis mit Absicht ins Gesicht und lachte sich schlapp.

Als das Brautpaar durch die Gasse geschritten war, setzte sich der ganze Trupp in Bewegung. Leonie winkte mir zu, und wir schlossen uns der Hochzeitsgesellschaft an. Alle marschierten geradewegs in das Gemeindehaus nebenan. Dort war ein großer Saal für die Hochzeitsfeier vorbereitet worden. Viele kleine Tische hatte man zu einer langen U-förmigen Tafel zusammengeschoben und mit weißen Tischdecken aufgehübscht.

Die Tische bogen sich unter feinem Geschirr, Gläsern und großen, bunten Blumensträußen. Von der Decke hingen Girlanden, und vor den Fenstern dampfte ein kolossales Buffet.

Leonie grinste, als sie das Essen entdeckte, und ich tippelte nervös auf der Stelle. Ich versuchte, wie ein normaler Gast und nicht wie ein Eindringling zu wirken.

»Leonie, was machen wir hier? Wir dürften gar nicht hier sein.«

»Papperlapapp. Bleib einfach cool und benimm dich unauffällig. So als würdest du dazugehören.«

»Wie soll ich das anstellen?«

»O Gott.« Leonie verdrehte ihre Augen.

»Pass auf!«

Sie schnappte sich ein Glas Orangensaft und prostete einer sehr alten Dame zu.

»Schön dich zu sehen, Oma!«, rief Leonie.

Die Oma zog zwar ihre Stirn in Falten, hob aber trotzdem ihr Glas. »Ich freue mich auch. Ja, schön. Wir haben uns lange nicht gesehen«, antwortete sie.

»Viel um die Ohren, Oma. Die Schule frisst einen auf. Viel Spaß noch. Wir plaudern später weiter.«

Leonie drehte sich wieder zu mir um. »So geht das«, sagte sie, trank das Glas aus und meckerte: »Iih, mit Fruchtfleisch.«

So ging das also. Ich lächelte ebenfalls der älteren Dame zu, und die lächelte auch prompt freundlich zurück.

Okay. Das hatte geklappt.

Ist alles ganz simpel. Einfach normal wirken und cool bleiben, redete ich mir Mut zu und wurde augenblicklich nervös. Supernervös.

Meine Gedanken spielten verrückt, und mein Verstand spielte Verstecken. Was machen normale Gäste auf einer Hochzeitsfeier?

Reden! Sie unterhalten sich.

Nein. Das war nicht ratsam. Die Gefahr, aufzufliegen, weil ich mich verplapperte, schien mir zu groß.

Ich könnte tanzen. Auf Hochzeitsfeiern wird getanzt.

Ja! Tanzen war eine gute Idee. Tanzen war unauffällig. Also begann ich zu tanzen. Ich wackelte erst ein bisschen mit den Hüften. Dann hampelte ich mit meinen Beinen rum und schleuderte meine Arme durch die Luft, als würde ich einen Schwarm Wespen vertreiben. *Alles klar,* dachte ich. *Das haut hin. Tanzen ist unauffällig.*

Wäre es auch gewesen, wenn ich nicht der einzige Tänzer gewesen wäre. Und wenn es Musik gegeben hätte.

Die anderen Gäste standen stocksteif da und begnügten sich damit, sich über mich lustig zu machen.

Eine mittelalte Dame stellte sich neben Leonie und beobachtete mich. Millionen winziger Locken knubbelten sich auf ihrem Kopf. Um ihre Mähne in den Griff zu bekommen, hatte die Frau sich ihre Haare zu einer Art Nest zusammengeknotet. Es hätte mich nicht überrascht, wenn auf ihrem Kopf Störche gebrütet hätten.

»Geht es ihm gut?«, fragte sie Leonie besorgt.

»Ja, klar. Das ist mein Bruder. Er ist … besonders.«

»Besonders?«, fragte die Frau nach.

»Er ist knalldoof«, erklärte Leonie.

Die Frau beobachtete mich, wie ich zu nicht hörbarer Musik tanzte, und nickte. »Ja. Das habe ich mir gedacht.«

Leonie unterbrach mein Gehampel und ging in die Offensive. Sie stellte uns vor. »Wir sind übrigens die Kinder von Tante Betti. Sarah und David.«

Die Frau grübelte. »Tante Betti?«

»Ja. Die Großcousine des Bräutigams mütterlicherseits. Aus Los Angeles.«

Die Frau schüttelte langsam ihren Kopf. »Ist mir nicht bekannt. Betti sagst du?«

»Ja. Aber sie ist tot. Wir sind Waisen.«

Leonie wimmerte. Erst leise, dann immer doller. Tränen liefen ihre Wangen herunter. Dicke Schluchzer schüttelten ihren kleinen Körper.

Die ältere Dame schmolz dahin. »O mein Gott, ihr Armen. Ihr armen Kinder. Kommt her. Kommt zu Tante Kathrin!«

Tante Kathrin nahm uns beide gleichzeitig in den Schwitzkasten. Das sollte wohl eine Umarmung sein. Leonie entwand sich der Umklammerung und wischte ihre Tränen mit einer Serviette ab.

»Ja, das Leben ist hart«, sagte sie. »Ich habe es nicht leicht. Arbeiten. Haushalt. Die Hausaufgaben von meinem kleinen Sorgenkind hier kontrollieren.«

Wieder drückte die Frau mich an sich und deutete mit ihrem Zeigefinger auf meinen Kopf. »Das ist David!«, schrie sie in den Saal. »Er ist hohl wie ein Überraschungsei, aber er hat ein gutes Herz.«

Alle Anwesenden starrten mich mit traurigen Augen an. Sogar die Braut.

»Das haben die Tiefbegabten ja oft!«, behauptete eine Frau.

»Der sieht auch wie ein Idiot aus!«, fand ein bereits angetrunkener Mann mit offenem Hosenstall.

»Moment!«, sprang mir Leonie zur Seite. »Es stimmt. Mein Bruder ist ein Idiot, und er sieht auch so aus. Aber er kann nichts dafür. Es war ein Unfall.« Leonie senkte den Kopf vor lauter angeblicher Traurigkeit.

Mit Erfolg. Die ganze Hochzeitsgesellschaft klebte an ihren Lippen. Und jetzt legte Leonie erst richtig los.

»Es war ein Morgen im August. Die Sonne schien, die Vögel zwitscherten, und David wollte schaukeln – wie immer. Leider schaukelte auf der Schaukel aber bereits unser 210 Kilo schwerer fünfjähriger Nachbarsjunge. Und unser kleiner Heißsporn hier hat sich einfach zu nah an die Schaukel gestellt!«

Ein entsetztes Raunen füllte den Raum, und die Braut rief: »O nein! Wie schrecklich!« Wodurch sie Leonie nur weiter anfeuerte, Phantasiegeschichten zu erzählen.

»Die Schaukel hat ihn voll am Kopf erwischt.

BÄMM! Er ist weggeflogen wie eine Rakete. Wir mussten ihn vom Dach kratzen!«, log Leonie immer weiter.

»Um Himmelswillen«, ächzte die Braut.

»Ja. Es war ein Blutbad. Schreiende Kinder. Weinende Mütter. Heulende Hunde. Polizei. Krankenwagen. Hubschrauber. Der Bürgermeister mit Blumenstrauß. Das ganze Programm. Es ist ein Wunder, dass er noch lebt. Ein Wunder, für das ich jeden Tag, jede Stunde, ja sogar jede Sekunde meines Lebens dankbar bin.«

Stille.

Der ganze Saal hielt den Atem an. Ein paar Frauen

suchten nach Taschentüchern. Andere schnäuzten sich in ihre Servietten.

Bevor ich protestieren oder die Lüge aufklären konnte, drückte mich die mittelalte Dame noch einmal so fest an ihren großen Busen, und ihre vielen Locken fielen dabei über mein Gesicht, dass ich kaum noch Luft bekam.

Dann schob sie uns zu den Tischen.

»Setzt euch. Erholt euch. Ihr habt genug um die Ohren. Ich hole euch jetzt was Leckeres zu essen, und ihr lasst es euch einfach gutgehen«, sagte sie.

»Machen wir. Und vielen, vielen Dank. Wir sind es gar nicht gewöhnt, dass man sich um uns kümmert«, antwortete Leonie mit belegter Stimme.

Nachdem die Frau zum Buffet gestürmt war, um es für uns vorzeitig zu eröffnen, nahm ich mir Leonie vor. »Was soll das, und vor allem, was zum Teufel machen wir hier?«, zischte ich.

»Essen besorgen.«

»Du willst diese Leute beklauen? An ihrem Hochzeitstag?«

»Psst. Nicht so laut. Warum nicht? Guck dir das Buffet an. Das essen die doch sowieso nicht auf.«

Mit zwei vollbeladenen Tellern kehrte die Lockenfrau an unseren Tisch zurück. Sie stellte die Teller vor unserer Nase ab und sagte: »Haut rein!«

»Vielen Dank. Das ist soooo lieb von dir«, säuselte Leonie und lächelte goldig.

»Du bist so tapfer«, sagte die Frau und ging zu ein paar neuen Gästen, die gerade erst eingetroffen waren.

Wir sahen ihr hinterher. Als sie weit genug weg war, verschwand Leonies Lächeln so schnell, wie es gekommen war. »Du brauchst auch nichts einstecken. Das mache ich schon. Ich habe ein paar Tüten dabei.« Leonie hob ihren Gürtel etwas an. Darunter waren, fein gefaltet, Plastiktüten versteckt.

»Lenk sie ab«, flüsterte Leonie

Ich sah mich um. Manche der Gäste tuschelten, während sie in unsere Richtung sahen. Ich hob das Wasserglas, das vor mir auf dem Tisch stand, und prostete ihnen zu. »Die glotzen schon alle rüber. Mittlerweile haben sie kapiert, dass wir nicht hierhergehören.«

»Deshalb müssen wir uns ja auch beeilen. Los, lenk sie endlich ab«, zischte Leonie.

»Und wie?«

»So.« Leonie nahm ein Messer und schlug damit gegen das Weinglas, das vor ihr stand. Die Gespräche erstarben. Es war mucksmäuschenstill, und alle starrten uns an. Manche freundlich. Manche irritiert, so wie ich zum Beispiel. Was zum Kuckuck hatte Leonie vor?

Sie räusperte sich und sagte: »Mein Bruder möchte unbedingt eine Rede auf das glückliche Brautpaar halten!«

Wie bitte?

Eine Rede halten? Ich?

Alle Augen waren jetzt auf mich gerichtet. Alle. Und in allen Augen sah ich Mitleid. Der arme Hirni will eine Rede halten.

Der ältere Mann, der neben Leonie saß, flüsterte seiner Frau »Hoffentlich stottert der Depp nicht auch noch« ins Ohr und fing sich einen Schlag auf den Oberarm ein.

Ich wurde rot.

»Er ist etwas schüchtern«, behauptete meine angebliche Schwester.

Applaus brandete auf, Leo nutzte die Gelegenheit und huschte zum Buffet. Ich erhob mich, während es im ganzen Saal ruhig wurde. Ich räusperte mich. Was zum Henker sollte ich sagen? Am besten versuchte ich es wie in der Schule. Wenn ich da was sagen soll, fange ich immer an, irgendetwas zu plappern, und hoffe, dass mir währenddessen etwas Gescheites einfällt. Klappt eigentlich nie.

»Ehe! Heirat!«, begann ich meine Rede. »Liebe!

Kinder. Ja. Zusammensein. Mann und Frau. Äh. Die Ehe ist toll. Man schläft in einem Bett, putzt sich zusammen die Zähne und gießt sich morgens Kaffee in die Tassen. Super Sache.«

Die Leute raunten und rutschten auf ihren Stühlen herum. Meine Rede kam wohl nicht sonderlich gut an.

Ich lugte zum Buffet. Leonie hatte zwei Tüten gepackt und hob ihren Daumen. Alles klar. Ich sollte zum Ende kommen.

»Ich wollte euch nur alles, alles Gute für eure Zukunft wünschen«, sagte ich und hob mein leeres Glas. Das Brautpaar küsste sich, und es wurde sogar geklatscht. »Außerdem …«, fuhr ich fort, »wollte ich mich bei euch dafür entschuldigen, dass meine Schwester euer Buffet leergeräumt hat! Aber jetzt müssen wir los!«

Alle fuhren herum. Leonie stand kichernd am Buffet, zwei vollgestopfte Tüten in den Händen, in jeder Hand eine. Und dann schnappte sie ihre Beute und haute ab.

»Ich wollte das nicht! Ich bin ehrlich!«, schrie ich noch und floh schließlich auch.

Wir hetzten auf die Straße und rannten weiter. Irgendwann sah ich mich um. Niemand verfolgte uns. Ich bremste ab und keuchte. Leonie blieb ebenfalls stehen. Sie lehnte sich über einen Gartenzaun und lachte lauthals. Sie kriegte sich gar nicht mehr ein.

»Warum lachst du?«

»Hoffentlich stottert der Depp nicht auch noch!«, äffte sie den Mann von eben nach und schüttelte sich vor Lachen. Dann rief sie: »Tiefbegabte haben immer ein gutes Herz!«

»Hey!«, ergänzte ich. »Vergiss nicht, man musste mich vom Dach kratzen.«

Leonie grölte, und obwohl ich es gar nicht wollte, musste ich auch lachen.

KAPITEL 14

Sterne statt Sternchen sehen

Ich hatte Schwierigkeiten, einzuschlafen, und als es mir endlich gelungen war, schlief ich unruhig. Ich träumte wilde Träume, in denen ich auf Dächer geschossen wurde, nackig Hochzeitsreden hielt und den Hintern von verschleierten Bräuten versohlt bekam. Ich schreckte hoch.

Eigentlich war ich sauer auf Leonie. Sie hatte mich ausgetrickst und zum Mittäter gemacht, obwohl sie ganz genau wusste, dass ich ehrlich bleiben wollte. Blöde Kuh.

Das Essen war aber lecker gewesen und hatte spielend für die ganze Familie gereicht. Irgendwie hatte es auch Spaß gemacht. Es war aufregend gewesen, die ganze Hochzeitsgesellschaft zu veräppeln. Hatte Leonie recht? Lagen Verbrechen in meiner Natur? Hatte ich eine Art Gendefekt? Einen speziellen Käsebier-Schaden, den meine Familie von einer Generation an die nächste weiterreichte? So wie Sommersprossen, Segelohren oder krumme Beine? War ich tatsächlich ein geborener Verbrecher?

In der Küche schepperte es. Oma schlafwandelte wieder. Beziehungsweise sie schlafputzte die Küche. Was wir alle sehr praktisch fanden. Früher war Oma einfach nur wie alle anderen Schlafwandler wie ein greises Gespenst durch unser Haus gegeistert. Seit einigen Wochen aber ging sie dazu über, schlafend das Haus zu putzen. Was natürlich superpraktisch war. Wir mussten nach dem Abendbrot nicht mal mehr den Tisch abräumen, geschweige denn spülen. Das erledigte Oma alles in der Nacht, ohne es zu bemerken. Und jeden Morgen, wenn Oma besonders tüchtig geschrubbt hatte, behaupteten mein Bruder und ich, wir wären das gewesen. Oma gab uns zur Belohnung sogar ein paar Cent für unsere Spardosen, deren Schlösser wir längst geknackt hatten.

Aus der Küche quietschte es. Oma putzte wohl die Fenster. Ich drehte mich auf die Seite, um wieder einzuschlafen, als ich bemerkte, dass Leonie wieder verschwunden war. Ihr Bett war leer.

Ich schlich in die Küche. Oma stand am Spülbecken und polierte die Kaffeepötte, als wären sie aus Silber. Sie bemerkte mich nicht mal. Ich flitzte ans frisch geputzte Fenster.

Leonie trat gerade aus dem Haus. Sie hatte sich eine Tasche umgehängt.

Ich zog in Windeseile meine Schuhe an und folgte

ihr. Die Straße war menschenleer, trotzdem hörte man weit entfernt Autos hupen und Polizeisirenen aufheulen. Leonie fuhr auf ihrem Fahrrad die Straße hinunter. Wenn ich ihr auf den Fersen bleiben wollte, brauchte ich auch eins. Gegenüber war eine Bushaltestelle. Und neben der stand ein Rad. Offensichtlich eins für kleine Mädchen. Es war rosa lackiert, genau wie Leonies mit einem Fahrradkörbchen am Lenker und für Jungs eine Zumutung. Aber dafür war es nur mit einem einfachen Zahlenschloss gesichert.

Eine Minute später radelte ich Leonie hinterher. Das Fahrrad würde ich später zurückbringen und natürlich auch wieder anschließen, damit niemand auf die Idee kam, es zu klauen. Leonie fuhr auf dem Bürgersteig. Ich versuchte, genug Abstand zu halten, damit sie mich nicht bemerkte. Ich schwitzte und keuchte allerdings bereits nach wenigen Minuten. Nicht, weil ich so schlecht in Form war, sondern weil ich einfach nicht auf das winzige Fahrrad passte. Ich musste im Stehen radeln, damit meine Knie nicht gegen den Lenker stießen.

Je weiter wir Downtown fuhren, desto mehr veränderte sich das Straßenbild. Die Restaurants sahen teurer aus, die Geschäfte nobler, und die Schaufenster leuchteten so hell, als wäre mitten im Sommer bereits Weihnachten. Wir passierten gewaltige Hochhäuser, durchquerten Straßenschluchten und landeten schließlich am Wasser. Vor uns auf ihrer Insel stand die von Scheinwerfern angestrahlte Freiheitsstatue.

Leonie ließ ihr Rad auf den Boden plumpsen und ging zum Ufer. Sie hatte ein Fernglas in der Hand und setzte sich an den Rand. Was wollte sie beobachten? Tiere? Es war zwar nicht stockfinster, weil in New York immer so viele Lichter leuchten, aber trotzdem war es zu dunkel, um Tiere zu betrachten.

Ich versteckte mein geborgtes Rad hinter einem Gebüsch. Leonie holte ein Foto aus ihrer Tasche und betrachtete es eine Weile. Dann steckte sie es weg und machte nichts. Sie saß einfach nur da und sah zur Freiheitsstatue. Nach ein paar Minuten setzte ich mich neben sie.

»Hallo«, sagte ich.

»Hallo.« Leonie schien nicht überrascht zu sein, mich zu sehen.

»Was machst du hier?«, fragte ich.

»Nachdenken.«

»Worüber?«

»Sag ich nicht.«

Wir saßen eine Weile schweigend nebeneinander und starrten aufs Wasser. Die nächtliche Skyline von New York ließ das pechschwarze Meer zu unseren

Füßen funkeln. Als ob Millionen von Sternen tief auf dem Grund des Meeres heraufleuchten würden.

»Schön hier«, gab ich zu.

Leonie stand auf. Sie klopfte ihr Kleid ab, dann griff sie sich einen Stein und versuchte, ihn über das Wasser hüpfen zu lassen. Es machte einmal *Plopp*, und der Stein war weg.

»Sollen wir mal rübersegeln und uns umschauen?«, sagte Leonie.

»Warst du noch nie da?«, fragte ich.

»Na ja, ein Mal. Mit meinen Eltern. Aber da war ich noch ziemlich klein.« Leonie sah in den Himmel.

Ich nahm all meinen Mut zusammen und fragte sie endlich: »Wo ist deine Mutter jetzt?«

Ihre Antwort war wie ein Schlag in den Magen. »Tot.«

»Ent… entschuldige«, stammelte ich.

Leonie blickte weiter in die Ferne. »Meine Mutter hat die Freiheitsstatue geliebt, weißt du?«, sagte sie leise.

»Sie sieht ja auch toll aus«, stimmte ich zu.

Leonie nickte. »Ja. Aber darum ging es ihr nicht. Also, nicht nur. Die Freiheitsstatue war mehr als nur eine Statue für meine Mutter. Sie war ein Symbol. Für die Freiheit und dafür, tun und lassen zu können, was man möchte. Dafür, sich von niemanden unterdrücken und natürlich … nie von der Polizei erwischen zu lassen.«

Die Freiheitsstatue leuchtete grün im Dunst der Sommernacht.

»Meine Mutter wurde auch nie erwischt. Sie war eine super Einbrecherin«, sagte Leonie stolz. »Mama kam wirklich überall rein und hinterließ nie Spuren.«

Bei uns war das anders. Von uns Käsebiers kam niemand überall rein. Und selbst, wenn wir mal irgendwo erfolgreich eingebrochen waren, passierte immer irgendwas Dummes. Wir kamen nicht mehr raus, klauten die falschen Sachen oder machten sie aus Versehen kaputt, während wir von Überwachungskameras gefilmt wurden.

Ich setzte mich auf den Steg. Meine Beine baumelten knapp über dem Wasser, und ich spürte die kühle Luft an meinen Beinen. Leonie setzte sich wieder neben mich.

»Wir sind damals nachts in die Freiheitsstatue eingebrochen. Papa, Mama und ich. Ich kann mich kaum noch dran erinnern. Leider.«

»Habt ihr den Schatz gesucht?«, fragte ich.

»Nein. Papa hat mir erzählt, dass wir nur so zum Spaß eingebrochen sind.«

»Warum?« Ich war ehrlich erstaunt. Natürlich sind Einbrüche für die Käsebiers das Normalste der Welt. Allerdings nur, wenn es Geld zu verdienen gibt. Denn wir sind nicht nur Verbrecher, wir sind normalerweise auch stinkend faul.

Leonie zuckte nur mit den Schultern.

»Einfach, weil wir es konnten und weil Mama die Statue so geliebt hat. Es war eine Sommernacht, und wir haben bis zum Morgengrauen nebeneinander auf dem Kopf der Statue gesessen und die Lichter bewundert. So viel weiß ich noch.«

»Klingt toll«, musste ich zugeben und fragte: »Hast du ein Foto von deiner Mama?«

Leonie schüttelte ihren Kopf. »Nein. Ich hab gar kein Foto von meiner Mutter«, sagte sie mit belegter Stimme. Sie rappelte sich hoch und wischte sich verstohlen ein paar Tränen aus den Augenwinkeln.

»Das tut mir leid«, sagte ich und stand ebenfalls auf. »Sollen wir wieder nach Hause fahren?«

Es war Sommer, aber der vom Meer kommende Wind war kühl, und ich begann, etwas zu frösteln.

»Nee. Ich will jetzt wirklich mal rüber zur Insel segeln. Komm mit! Wir gucken uns nur um. Der Wind steht günstig.« Leonie hielt einen mit Spucke angefeuchteten Finger in die Luft.

»Im Dunkeln? Viel zu gefährlich. Da übersieht man uns in dem kleinen Boot doch.«

Vereinzelt tuckerten Schiffe an uns vorbei. Große Schiffe, die eine Nussschale wie Leonies einfach zermalmen würden.

»Ich habe eine Taschenlampe dabei. Die machen wir am Mast fest und leuchten das Segel an. Uns wird schon niemand übersehen.«

»Ich weiß nicht.«

»Komm, keine Angst. Das wird super.«

Leonie zog mich erst hoch und dann hinter sich her zu ihrem löcherigen Bötchen, das halb abgesoffen am Steg lag.

Wir brauchten ein paar Minuten, bis wir es vom Wasser befreit hatten. Sobald wir damit fertig waren, hisste Leonie das Unterhosensegel und drückte den Blecheimer in meine Hand.

»Und damit ziehst du mir jetzt schön eins über die Rübe!«, befahl sie.

Ich musste mich verhört haben.

»Ich soll dir damit auf den Kopf hauen?«

»Genau. Volle Pulle. Dann segelst du zur Insel und weckst mich wieder auf. Los geht's. Hau mir auf die Birne!« In Erwartung des Schlags kniff sie fest ihre Augen zusammen.

»Das mache ich auf gar keinen Fall. Du hast doch ganz offensichtlich schon einen Dachschaden.«

»Stell dich bitte nicht so an. Einmal ausholen und *Bäng*.«

Ich stellte den Eimer auf die Sitzbank und verschränkte meine Arme vor der Brust. »Du hast sie doch nicht alle.«

Leonie packte meine Hände und glotzte mir tief in die Augen. »Eduard, ich kann nicht schwimmen und habe panische Angst vor Wasser. Wenn du keine schreiende, zeternde, um sich schlagende Irre im Boot haben willst, musst du jetzt ein richtiger Mann sein und mich kleines Mädchen k. o. hauen.«

Wieder schloss sie ihre Augen und hielt mir ihren Schädel hin. Der Bär auf ihrem Kopf starrte mich traurig an. Ich nahm den Eimer, zielte und ließ ihn wieder sinken. Ich konnte ihr einfach nicht weh tun.

»Ich will dich nicht schlagen. Das ist doch irre. Was ist, wenn du ohnmächtig über Bord fällst? Das muss doch auch anders gehen«, rief ich.

»Und wie?«, fragte Leonie genervt. »Solange du mich nicht ein paar Kilometer weit werfen kannst, haben wir keine andere Wahl.«

»Wir könnten morgen früh die Fähre nehmen! Wir mischen uns unauffällig unter die Touristen. Mit so blöden Mützen und einem noch blöderen *I Love New York*-T-Shirt«, schlug ich vor und fragte mich, warum wir darauf nicht schon früher gekommen waren. Tagsüber pendelten alle fünfundzwanzig Minuten seetüchtige Fähren von Manhattan nach Liberty Island. Die hatten einen echten Kapitän an Bord, liefen nicht voll Wasser und wurden von Motoren und nicht von Unterhosen angetrieben.

Leonie zeigte sich weniger begeistert, als ich erwartet hatte. Sie schaute mich mitleidig an, als wäre ich ein ausgemachter Dummkopf. »Mit einem Rucksack voller Einbrecherwerkzeug? Das geht nicht. Das Gepäck wird kontrolliert.«

»Hm«, machte ich.

»Genau. Hm!«, äffte Leonie mich nach. »Als ob ich da nicht schon selbst dran gedacht hätte. Wir brauchen das Boot. Anders funktioniert es nicht.«

»Warum machst du das überhaupt alles? Dein Vater bricht doch gerade in die Galerie ein. Ihr seid dabei, reich zu werden.«

Leonie fiel fast um vor Lachen. Ihr ganzer Körper schüttelte sich, ihre Augen tränten, und sie schnappte nach Luft. Ich beobachtete in der Zwischenzeit die kleinen Schiffe, die weit entfernt über das Wasser tuckerten. Es dauerte, bis Leonie sich wieder beruhigt hatte und bei Atem war.

»Geht's wieder?«, fragte ich.

»Ja. Danke«, sagte sie und wurde ernst: »Eduard, ich dachte, dir wäre es schon aufgefallen. Unsere Eltern sind nicht gerade schlau. Sie sind nett, aber blöd. Die kriegen nie was gebacken. Es liegt an uns beiden, die Familie zu retten.«

Mir fiel Oma ein. Die sagte das auch immer. Ich sei die einzige Hoffnung der Familie. Eduard, der Meisterdieb. Beziehungsweise der ehemalige Meisterdieb und jetzige Schatzsucher!

»Aber willst du wirklich für einen blöden Schatz dein Leben riskieren?«

»Für diesen Schatz … ja.«

»Was ist denn so besonders daran?«

Leonie zögerte. Nur für den Hauch einer Sekunde veränderte sich ihr Gesicht. Sie vermied es, mich anzusehen. »Nichts«, antwortete sie. »Es ist ein Schatz. Mehr nicht.«

Ich spürte, dass sie log. Aber was verheimlichte sie mir?

»Also, was machen wir nun?«, fragte Leonie.

»Ich könnte dir schwimmen beibringen.«

Leonie schüttelte den Kopf. »Keine Zeit … und keine Lust.«

»Schwimmen ist überhaupt nicht schwer. Das lernt man im Handumdrehen.« Außer man heißt Franz Käsebier. Mein Bruder hat eine solche Angst vor dem Ertrinken, dass wir wegen ihm unsere Badewanne gegen eine Dusche tauschen mussten.

»Nee. Will ich nicht. Schwimmen ist blöd«, bockte Leonie herum.

»Hast du etwa Angst?«

»Angst? Ich? Wovor denn? Vorm Ertrinken? Davor, von Haien, Kraken oder Heringen gefressen zu werden?«

»Heringe fressen keine Menschen.«

»Ach ja?« Leonie baute sich vor mir auf und stemmte ihre Fäuste in die Hüften. »Hast du mit den Heringen gesprochen? Haben sie dir das persönlich gesagt?« Sie sah mich siegessicher an.

Leonie konnte nicht nur nicht schwimmen, sie hatte definitiv auch keine Ahnung von Fischen.

»Willst du nun zur Freiheitsstatue, oder nicht?«, fragte ich.

»Ja, das will ich. Seit Wochen habe ich dieses Boot. Ich traue mich nur nicht aufs Wasser«, gab Leonie kleinlaut zu und sackte in sich zusammen.

»Dann lernst du jetzt erst mal schwimmen«, versuchte ich, sie aufzumuntern. »Das ist ganz leicht.«

Leonie ließ sich auf eine Bank sinken. »Von mir aus. Bring mir schwimmen bei.«

»Die Frage ist nur, wo?«, sagte ich.

»Ich weiß, wo«, erwiderte Leonie matt.

»Dann los«, rief ich.

»Für heute ist es zu spät.«

Und tatsächlich, der Tag brach schon an über New York.

KAPITEL 15

Im Bergwerk des Irrsinns

Die Nacht war kurz. Kaum hatten wir uns auf die Matratze geworfen, wurden wir von meiner Mutter auch schon wieder aus den Betten gescheucht.

»Guten Morgääään! Zeit zum Aufstehen!«, krakeelte sie. Mamas Stimme klang mal wieder geradezu euphorisch. So als ob der Tag ganz bestimmt etwas Gutes bringen würde. Reichtum oder Glück oder so. Das kam öfter vor. Normalerweise beruhigt sich Mama im Laufe des Tages. Sie wird immer genervter und leiser, bis sie spät abends mit einem Glas Wein in der Hand komplett verstummt.

»Nur noch fünf Minuten!«, jammerte Leonie und presste sich ihr Kissen auf den Kopf.

Meine Mutter riss es ihr weg. »Die Sonne scheint!«, jubelte sie.

»In meinem Kopf regnet es«, maulte Leonie.

»Aufstehen. Jetzt! Sonst hole ich einen Eimer Wasser!«, drohte Mama.

»Das machst du doch sowieso nicht.« Leonie blieb stur und zog sich die Decke über den Kopf.

Ich stand lieber auf. Ich wurde nämlich schon mal mit einem Eimer Wasser geweckt. Was extrem unerfreulich war. Vor allem, weil ich auf Omas Wärmematte lag. Das Ding war elektrisch, wurde wunderbar warm und war supergemütlich. Zumindest solange man es nicht mit Wasser übergoss.

Mit verklebten Augen schleppte erst ich mich ins Bad zur Katzenwäsche, und dann Leonie. Gähnend mampften wir danach unsere Cornflakes. Als wir fertig waren, stellten wir unsere Schüsseln in die Spüle.

»Und, was machen wir heute? Schwimmen gehen?«, fragte ich Leonie.

»Gute Idee«, flüsterte Leonie zurück.

»Und danach könnten wir noch in der Stadt abhängen«, schlug ich vor.

»Abhängen? Ha!«, rief meine Mutter. »Von wegen.«

Leider hatte sie den letzten Satz mitbekommen.

»Ihr helft heute beim Tunnelbau mit«, sagte sie streng.

»Waaaas?« Leonie stampfte wütend mit ihrem Fuß auf.

»Ich bin ein ehrlicher …«, begann ich wie üblich, und Leonie fiel ein:»Ich bin viel zu klein und zierlich«, piepste sie und klimperte mit ihren Augen.

Mama fiel aber nicht darauf rein.

»Ja. Ja. Du bist ehrlich und du eine Prinzessin, aber trotzdem brauchen wir euch, solange Papa im Bett liegt.«

Leonie marschierte geradewegs in Omas Zimmer, wo Oma und Papa gemeinsam im Bett lagen und die Decke anstarrten.

»Hey, Onkel Klaus«, rief Leonie meinem Vater zu. »Hör auf, dich so anzustellen, und steh auf. Deine Wenigkeit wird beim Tunnelbau erwartet!«

Papa antwortete ihr etwas, aber ich konnte nicht verstehen, was er sagte, weil Oma so laut lachte.

»Dein Onkel Klaus ist krank. Er kann heute nicht arbeiten«, hörte ich meine Mutter sagen.

»Prinzessin!«, zischte Leonie in Papas Richtung, und Oma bekam einen zweiten Lachanfall.

Mutter schob uns vor sich her. Leonie stemmte sich dagegen. Sie weigerte sich, auch nur einen Schritt selbständig zu tun. Aber Mama ließ sich nicht beeindrucken. Wie eine Schneewalze schob sie uns in den Keller.

Im Tunnel schufteten bereits Onkel Harry und, wie ich am Wimmern hören konnte, auch mein Bruder.

»Ich habe mir auf den Finger gehauen«, jammerte er.

»Wirklich? Schon wieder?«, fragte mein Onkel ungläubig. Seine Stimme klang genervt.

Mama überreichte Leonie und mir einen Helm. »Eduard, du bringst die vollen Eimer nach draußen und schüttest die Erde im Garten aus. Verstanden?«

Ich wollte noch ein letztes Mal protestieren, aber ein Blick von Mama reichte, und ich beschloss, lieber die Klappe zu halten. Widerstand war zwecklos.

Mama schnappte sich eine Schaufel und kletterte in den Tunnel. »Leonie, du kommst mit mir. Du trägst die Eimer vom Tunnelende zurück in den Keller, wo Eduard dann übernimmt. Noch irgendwelche Fragen?«

Wir schüttelten die Köpfe.

Mama und Leonie verschwanden im Tunnel, und

ich wartete ein paar Momente, bis Leonie mit vor Wut blitzenden Augen mit einem vollen Eimer zurückkam. Wie besprochen schleppte ich die Erde nach draußen und kippte sie im Garten aus.

Der Garten war winzig. Er bestand nur aus einer kleinen betonierten Terrasse in der Größe eines Badetuchs, auf der ein Grill vor sich hin rostete, und einem wachsenden Erdhaufen. Ich erklomm den Hügel und leerte den Eimer ganz oben. Von da oben konnte ich in das Wohnzimmer des Nachbarhauses gucken. Ein älterer Herr mit dicker Brille und fettigen Haaren telefonierte gerade am offenen Fenster. Er war sehr aufgebracht und beschwerte sich lautstark. Ich verstand nur Fetzen seines Gesprächs, aber was ich hörte, ließ meine Alarmglocken schrillen.

»Merkwürdige Leute. Neue Nachbarn. Lärm aus dem Keller. Wahrscheinlich Verbrecher. Jawohl. Ich warte auf den Streifenwagen.«

Der Typ redete über uns! Und zwar mit der Polizei. Ich stürmte in den Keller. »Alarm! Alarm! Der Nachbar hat die Polizei gerufen!«

Als Erstes tauchte Mamas Gesicht im Dunkel des Schachts auf. Sie glaubte mir nicht. »Eduard, versuch nicht, mich abzulenken. Nimm den Eimer und leer ihn aus.« Sie zeigte auf einen neuen vollen Eimer.

»Nein, im Ernst, Mama. Ich war im Garten und …«

Onkel Harry erschien mit einer Spitzhacke in der Hand. Er war schmutzig und verschwitzt. »Was ist?«, fragte er.

»Der Mann von nebenan hat die Polizei gerufen. Ich hab's genau gehört. Er hat sich über den Lärm beschwert.«

»Oh, Mist. Der alte Miller. Das passt zu ihm. Der beschwert sich ständig und über alles.« Onkel Harry ließ die Hacke fallen.

»Und was machen wir jetzt?«, fragte ich.

»Deine Mutter und du, ihr schiebt den Schrank vor den Tunneleingang, und du Franz fegst den Dreck weg.« Er drückte meinem Bruder einen Besen in die Hand.

»Wohin mit dem Eimer und den Schaufeln?«

»In den Tunnel natürlich«, sagte Harry.

Onkel Harry rief nach Leonie.

»Was ist?«, hallte es aus dem Schacht zurück.

»Notfall. Zeit für Plan *Trommel.* Wir müssen dein Schlagzeug hier unten aufbauen. Beeil dich.«

»Komme!«, schrie Leonie zurück.

Leonie und Onkel Harry liefen die Treppen hoch, während Mama und ich den alten Schrank vor das Loch in der Wand schoben. Franz fegte den Dreck unter den Schrank.

Zu Hause machte er das ähnlich. Da kickte oder schob er den ganzen Müll einfach unter sein Bett. In allen Grüntönen schimmelten belegte Brötchen, gammelige Bananen und halbvolle Milchtüten fröhlich unter seiner Matratze. Um mehr Platz für neuen Dreck zu schaffen, hatte Franz letzten Sommer Ameisen in unser Zimmer gelockt.

»Die sollen den Müll raustragen. Dann muss ich das nicht machen«, erklärte er.

Anfangs funktionierte es sogar. Als aber das Futter unter seinem Bett knapp wurde, sahen sich die Ameisen nach einer neuen Nahrungsquelle um. Und sie fanden eine. Mich.

Als der Streifenwagen gut fünfzehn Minuten später vor dem Haus hielt, stand das Schlagzeug im Keller, und Leonie drosch fröhlich darauf herum. Onkel Harry öffnete die Tür. Glühend heiße Luft strömte ins Haus. Vor der Tür stand ein Polizist. Er hatte kaum noch Haare, ein rotes Gesicht, einen dicken Bauch und litt sehr unter der Hitze. An seinem nassen Hemd klemmte ein Namensschild. *Polizeibeamter Miller* stand darauf.

»Ihr Nachbar behauptet, es würden Bauarbeiten in ihrem Keller stattfinden!«, keuchte der Polizeibeamte Miller und wischte mit einem Taschentuch sein Gesicht ab.

Onkel Harry warf seine Arme nach oben. »So ein Unsinn!«, rief er laut und sagte besonders freundlich: »Überzeugen Sie sich ruhig selbst, Officer.«

Onkel Harry bat den Polizeibeamten ins Haus und marschierte mit gespielter Empörung zur Kellertreppe.

Officer Miller setzte sich ächzend in Bewegung und folgte ihm. »Das ist aber auch eine Affenhitze heute.«

Onkel Harry winkte von der Kellertreppe. »Kommen Sie! Sie müssen wissen, unser Nachbar hasst uns, weil wir nicht aus New York sind. Der will uns nur Schwierigkeiten machen, der fiese Kerl. Das ist alles.«

Ich wollte schnell vor den beiden in den Keller runterflitzen, aber Mama hielt mich fest.

»Lass den Polizisten vorgehen. Wenn der die Treppe hinunterpurzelt, reißt er uns alle mit in den

Tod!«, flüsterte sie, und so ließen wir Officer Miller den Vortritt und folgten in sicherem Abstand. Der dicke Polizeibeamte hatte Mühe, die alten, schiefen Holztreppen hinabzustapfen, und man sah ihm an, dass er sich schon jetzt vor dem späteren Aufstieg fürchtete.

Wir hatten ganze Arbeit geleistet. Alle Werkzeuge waren versteckt, und der Boden war so sauber, dass man darauf Herzoperationen hätte vornehmen können. Da der Schrank zu niedrig war, um den Tunneleingang vollständig zu verdecken, hatten wir ihn bis unter die Decke beladen mit Putzeimern, Koffern und Onkel Harrys Werkzeugkasten. Vor dem Schrank saß Leonie an ihrem Schlagzeug und trommelte wild darauf herum.

»Leonie, mein Engelchen. Würdest du bitte eine kurze Pause machen? Wir haben Besuch«, sagte Onkel Harry mit süßlicher Stimme.

Leonie legte ihre Sticks beiseite, ging zu dem Police Officer, reichte ihm die Hand und machte sogar einen Knicks. »Guten Tag, Herr Polizist«, flötete sie und strahlte übers ganze Gesicht.

»Dir auch einen guten Tag, kleine Dame«, antwortete Miller freundlich und tippte kurz mit seinen speckigen Fingern an seine Mütze. Dann sah er sich um.

Und er sah nichts.

Anders als ich. Ich sah etwas. Etwas sehr Unerfreuliches. Hinter dem Schrank rieselte von der Tunneldecke Sand zu Boden. Nicht viel, aber genug für neugierige Polizisten, um mal einen Blick hinter den Schrank zu werfen. Ich geriet in Panik und zupfte an der Bluse meiner Mutter.

»Lass das. Die Bluse leiert sonst aus«, meckerte sie.

Ich räusperte mich.

»Was ist denn, Eduard? Hast du Durst? Dann geh hoch und hol dir ein Glas Wasser«, empfahl meine Mutter etwas genervt.

»Ich habe keinen Durst«, flüsterte ich.

»Dann hör auf, Faxen zu machen«, zischte sie mir zu. Meine Mutter war nervös. Man sah es ihr nicht an, aber man hörte es an ihrer Stimme. Sie war viel höher als normalerweise.

Ich traute mich nicht, den Mund zu öffnen, denn der Polizist stand zu nah bei uns. Also nickte ich und stierte dabei mit weit aufgerissenen Augen zum Schrank. *Da hingucken* sollte das heißen.

Aber meine Mutter stand auf dem Schlauch. »Hast du dir den Hals verrenkt?«, fragte sie.

»Nee.« Wieder starrte ich zu dem Sandhäufchen, das sich unter dem Schrank ansammelte und immer größer wurde. Stetig rieselten Körnchen zu Boden, und kleine Brocken Dreck plumpsten hinterher.

Mama fasste mir an die Stirn? »Fieber hast du nicht«, stellte sie fest.

»Ich bin gesund, aber …« Ich sah meiner Mutter tief in die Augen und blickte dann bedeutungsvoll zu dem wachsenden Problem.

Leonie stellte sich zu uns. »Was hat er?«, fragte sie. »Hat er sich den Hals verrenkt?«

»Wahrscheinlich«, behauptete meine Mutter.

Ich packte Leonie am Arm und drehte sie in die Richtung des Schranks. Sie erkannte das Problem sofort und wurde blass. Kinder sind eben doch schneller im Kopf als Erwachsene.

Mit angehaltenem Atem beobachteten wir, wie der Polizist nun zu dem Schrank ging und ihn öffnete. Er war leer. Gleichzeitig rutschte immer mehr Sand in den Keller und drückte den Schrank oben in eine leichte Schieflage. Und endlich kapierte auch meine Mutter, was ich ihr die ganze Zeit hatte mitteilen wollen. Der Tunnel lief aus wie ein tollpatschiger Welpe. Er war nicht stubenrein. Mama wurde blass.

Als der Polizist sich zufrieden zu uns umdrehte und »Alles in Ordnung!« sagte, passiert es. Der leere und deshalb leichte Schrank begann, nach vorn zu kippen. Genau auf den Polizisten zu. Miller hatte gerade sein Notizbuch zugeklappt und in seine Hosentasche gesteckt, als auch noch Onkel Harrys Werkzeugkasten von oben auf dem Schrank auf ihn zuzurutschen begann.

Uns stockte der Atem.

Der Polizeibeamte wunderte sich und fragte: »Warum gucken Sie so …«

Weiter kam er nicht. Der Werkzeugkasten fiel vom Schrank und knallte ihm mitten auf den Schädel.

Miller grinste blöd, verdrehte die Augen und fiel um. Ächzend landete er auf seinem Bauch. Dann kippte der ganze Schrank um, und alles, was wir oben draufgeladen hatten, krachte zu Boden.

»Der ist hin«, sagte Leonie hustend und klopfte sich Staub von der Kleidung.

Als der Schrank zu kippen begann, hatte sie sich todesmutig über ihr Schlagzeug geworfen.

»Quatsch, der ist nur ohnmächtig«, meinte Onkel Harry, während er den Puls des niedergestreckten Polizeibeamten überprüfte.

»Und nun?«, fragte Leonie. »Was machen wir mit ihm?«

Onkel Harry kratzte sich an der Glatze. »Tja.«

Da öffnete Miller seine Augen und guckte uns verwirrt an. »Guten Tag. Ich bin Officer Bob Miller von der New Yorker Polizei«, stellte er sich erneut vor.

»Guten Tag«, sagte ich, und er schlief wieder ein.

»Okay. Holen wir ihn erst einmal da raus«, schlug Mama vor.

Routiniert begannen wir, Officer Miller freizuschaufeln. Wir mussten Papa oder meinen Bruder schon so oft aus ähnlichen Notlagen befreien, dass wir zügig vorankamen. Nach ein paar Minuten lag der Polizeibeamte, zwar noch voller Späne und Sandkörnchen, aber im Großen und Ganzen heil vor uns. Er war immer noch ohnmächtig, träumte aber scheinbar gerade einen schönen Traum. Offensichtlich träumte er davon, an einem Strand zu liegen. Er hatte einen Arm hinter dem Kopf verschränkt, lächelte uns freundlich an und gab eine Bestellung auf. »Ich hätte gerne ein Erdbeereis und einen Sonnenschirm, bitte!«, sagte er und zwinkerte uns zu.

»Uii, den haben wir aber fein ausgeknockt«, staunte Leonie.

»Der hat keine Ahnung, wo er ist«, analysierte ich.

»Kann ich auch ein Eis haben?«, fragte Franz.

»Hm.« Mama machte einen Schritt auf Officer Miller zu.

Er grinste uns alle nacheinander erwartungsvoll an, als wären wir Eisverkäufer.

»Hier ist Ihre Bestellung«, sagte Mama und tat so, als würde sie ihm ein Eis überreichen.

Der nahm das Lufteis und leckte auch gleich daran. »Perfekt!«, schwärmte er. »Mit Erdbeere. Ich liebe Erdbeere.«

»Das macht fünf Dollar«, sagte Mama streng.

»O ja, natürlich, verzeihen Sie!«, rief Miller und drückte Mama einen Zehn-Dollar-Schein in die Hand. »Stimmt so«, flüsterte er vertraulich und zwinkerte Mama wieder zu.

Mama steckte das Geld ein und meinte: »Der hat eine ziemlich heftige Gehirnerschütterung.«

»Das ist übel. Hatte ich auch schon«, fachsimpelte Papa, der schon öfter k. o. gegangen war als ein schlechter Boxer.

»Was machen wir mit ihm? Wir können ihn ja so nicht auf der Straße aussetzen, den armen Kerl«, fragte ich.

»Ich habe da eine Idee«, antwortete Harry grübelnd.

KAPITEL 16

Gruppenkuscheln

»Auf gar keinen Fall!«, keifte Oma. Sie hielt ihre Arme vor der Brust verschränkt und starrte stur zur Seite, um keinen von uns Verrätern ansehen zu müssen.

»Mama, bitte …«, begann meine Mutter von Neuem.

»Ich teile mein Bett nicht mit einem Polizisten. Es ist schon schlimm genug, dass ich es mit einem Deppen teilen muss.«

»Hey«, protestierte Papa halbherzig. Weil er so weit wie möglich von Oma entfernt lag, musste er sich an der Matratze festkrallen, um nicht aus dem Bett zu fallen.

»Sollte der Polizist nicht sowieso besser ins Krankenhaus?«, fragte Tante Emily besorgt.

Mama hatte Bedenken. »Wenn wir einen ohnmächtigen Polizisten im Krankenhaus abliefern, werden sie Fragen stellen, die wir nicht beantworten wollen.«

»Ist mir egal!«, meckerte Oma. »Ich will keinen Polizisten in meinem Bett haben. Diesen Typen kann man nicht trauen!«, behauptete sie hinter vorgehaltener Hand.

Onkel Harry war das Gemecker egal. Er hatte den dicken Polizisten hochgeschleppt und keuchte. »Er ist verletzt und muss irgendwo liegen. Macht Platz!« Onkel Karl wuchtete den Polizisten aufs Bett, und Papa und Oma wurden vom Schwung ein bisschen nach oben geschleudert.

»Skandal! Wehe, ich stecke mich bei dem mit Ehrlichkeit an!«, kreischte Oma, während wir den Polizisten in die Mitte legten.

Das Bett knirschte, knarrte und ächzte unter seinem Gewicht, aber es hielt.

»Wenn der Dicke wieder zu sich kommt, ruft uns sofort«, ächzte Onkel Harry und drückte seine Wirbelsäule durch.

»Sollten wir nicht besser unsere Sachen packen und abhauen?«, fragte Papa und starrte entsetzt den Polizisten an.

»Quatsch! So kurz vor dem Ziel?«, rief Onkel Harry. »Aber es stimmt: Die Zeit drängt. Zum Glück ist es ist jetzt nicht mehr weit. Wenn wir Gas geben, könnten wir schon bald den Durchbruch schaffen.«

»Ich weiß ja nicht … Vielleicht wäre es besser, schnell wieder abzureisen«, jammerte Papa.

»Denk dran: Cocktails am Strand. Nie mehr arbeiten«, versuchte Harry Papa zum Bleiben zu überreden.

Bei Papa half das nicht.

Bei Mama schon.

»Worauf warten wir?«, fragte sie und klatschte aufmunternd in die Hände. »Ich hab Lust auf Cocktails! Lasst uns buddeln!«

Papa knickte ein. »Na gut. Aber der Polizist bleibt nicht im Bett«, entschied er und versuchte, Miller von sich weg zu schieben. Vergeblich. Police Officer Miller war einfach zu schwer.

Er lag wie ein Fels zwischen meinen liebsten Verwandten.

»Schwächling«, meckerte Oma.

Plötzlich fiel Papa auf, dass Officer Miller ihn von Oma trennte und ihn damit wie eine Burgmauer oder eine unüberwindliche Gebirgskette vor seiner schrecklichen Schwiegermutter beschützte. Da gab er seine Versuche auf, den Polizeibeamten von sich wegzurollen.

»So, der ist gut untergebracht. Wir können wieder in den Keller«, sagte Mama.

»Ich weiß ja nicht …«, überlegte Leonie.

»Okay Leo, was ist jetzt schon wieder?«, fragte Tante Emily genervt.

Leonie blieb cool. »Ich frage mich nur: Werden

seine Kollegen ihn nicht vermissen, wenn er nicht zurückkommt? Ich meine, die Polizeizentrale weiß doch bestimmt, dass er zu uns wollte.«

Wir schwiegen. Leonie hatte recht. Sie würden ihn vermissen, und außerdem stand immer noch sein Streifenwagen direkt vor unserer Tür. Ich sah von einem zum anderen, in der Hoffnung, dass jemandem eine Lösung einfiel. Niemand wusste eine.

»Wie wäre es, wenn wir selber bei der Polizei anrufen und ihn als vermisst melden?«, schlug mein Bruder vor.

Niemand antwortete.

Was für eine bescheuerte Idee!

Aber auf einmal musste ich noch einmal an den Abend vor ein paar Tagen denken. Als wir alle zusammen Burger gefuttert und jede Menge Spaß gehabt hatten. Und Tante Emily die Stimmen von Prominenten und Verwandten täuschend echt nachgeahmt hatte. Könnte sie vielleicht …

»Tante Emily, kannst du die Stimme von Police Officer Miller nachmachen?«, überlegte ich laut.

»Was soll das bringen?«, fragte Franz stellvertretend für meine verwirrt wirkende Verwandtschaft.

»Wir haben jetzt keine Zeit für Späßchen«, erklärte meine Mutter.

Meine Familie stand auf dem Schlauch.

»Passt auf …«, begann ich. »Wenn Emily seine Stimme nachahmen kann, kann sie über Funk mit der Polizeizentrale Kontakt aufnehmen und sagen, dass alles okay ist. Keine besonderen Vorkommnisse. Nur Umbaumaßnahmen oder so.«

»Brillant!«, rief Leonie und wandte sich an ihre Mutter. »Und dann sagst du noch, dass du dich nicht gut fühlst, krank bist und direkt nach Hause fährst.«

»Aber Tante Emily ist nicht krank«, sagte Franz verwirrt.

Leonie verdrehte ihre Augen himmelwärts.

»Sie soll sich doch als Officer Miller ausgeben. Officer Miller meldet sich krank und vom Dienst ab. Verstehst du?«

Franz grübelte lange, bevor er seinen Kopf schüttelte. Er hatte immer noch nichts gerafft.

»Wenn wir Officer Miller krankmelden, werden seine Kollegen ihn heute nicht mehr anfunken, weil sie denken, er liegt krank im Bett. Und dann haben wir unsere Ruhe«, erklärte Leonie.

»Zumindest für ein paar Tage«, ergänzte Emily. »Okay, ich versuche es.«

KAPITEL 17

Gripppe, Fußpilz und Ausschläge

Ich saß mit Leonie zusammen im Heck des Streifenwagens, als Tante Emily zum Funkgerät griff. Sie war nervös. Die Proben waren eigentlich ganz gut gelaufen. Aber wir waren uns nicht sicher, wie genau die Stimme meiner Tante die von Officer Miller traf. Wir hatten ihn einfach zu wenig gehört.

»Gut, wünscht mir Glück«, sagte sie und drückte auf den Knopf am Funkgerät. »Officer Miller hier!«

Wir warteten und lauschten gebannt dem Rauschen des Funkgeräts.

»Hallo Bob. Ich bin's Kate. Was gibt es?«

Wir ballten die Fäuste! Emily hatte es geschafft! Die Zentrale hielt sie für Officer Miller.

»Ja. Äh. Ich bin gerade durch mit der Lärmbeschwerde Baker Street. Alles okay. Keine besonderen Vorkommnisse. Nette Leute wohnen da. Vorbildliche Bürger! Grundehrlich, wenn du mich fragst.«

Es rauschte lange aus dem Lautsprecher, bevor ein irritiertes »Aha?« zu hören war.

»Ja. Ich muss jetzt allerdings zum Arzt. Ich, äh, bin krank. Ganz übel«, hustete Emily.

»Du klingst auch komisch«, behauptete Kate aus der Zentrale.

»Wie? Komisch?«, fragte Tante Emily nach.

»Ja. Du klingst furchtbar. Irgendwie quietschig!«

»Quietschig?«, quietschte Emily empört.

»Als würde man ein Ferkel würgen«, knarzte es aus dem Lautsprecher.

Emily war stinkig.

»DU klingst quietschig!«, blaffte sie ins Mikrophon.

»Was?«, quäkte es zurück.

»Doch. Wie eine Katze, der man auf den Schwanz tritt.«

Leonie drehte sich zu mir um und flüsterte: »Die armen Tiere.«

Ich nickte, während Emily alias Bob weiter mit der Polizeizentrale darüber stritt, wessen Stimme quietschiger klang.

Dann hielt Emily endlich das Mikrophon zu und atmete ein paar Mal tief ein und aus, bis sie sich wieder unter Kontrolle hatte.

»Ich habe keine Halsentzündung. Dass ich komisch klinge, muss am Funkgerät liegen«, sagte sie mit etwas tieferer Stimme.

»Ah. Was hast du denn? Macht dir dein Fußpilz wieder zu schaffen?«, fragte die Zentrale nach.

»Äh. Nein«, sagte Emily.

»O je! Ist der fiese Ausschlag unter deinen Achseln wieder zurück?«

»Nein!«, rief Emily angewidert. Dann hielt sie das Funkgerät zu. »Okay. Was für eine Krankheit hat er?«

Wir waren so begeistert von meiner Idee gewesen, dass wir uns über Details gar keine Gedanken gemacht hatten. Und das rächte sich jetzt.

»Grippe«, schlug ich vor.

»Die würde man an meiner Stimme erkennen.«

»Brutaler Unfall!«, lautete Leonies Idee. »Mit einem Hubschrauber. Beide Arme und ein Bein ab!«

Emily war dagegen. »Zu schlimm. Wir brauchen was Glaubwürdiges.«

»Magenschmerzen«, schlug ich vor, während aus dem Lautsprecher die Zentrale quakte. »Hallo! Bist du noch da?«

»Ja. Bin ich«, antwortete Tante Emily. »Ich habe Bauchweh. Richtig üble Magenschmerzen. Ich muss ins Bett. Mindestens für drei Tage«, sagte Tante Emily.

»Okay. Warte einen Moment.« Es rauschte ein bisschen in der Leitung. Wir hörten, wie in der Zentrale gesprochen wurde. Kate diskutierte mit einem Kollegen.

Der Kollege, offensichtlich ein Vorgesetzter, war gut zu verstehen. »Völlig egal, ob der dicke Trottel im Bett liegt oder arbeitet. Der Loser kann so lange krankfeiern, wie er will.«

Dann knarzte es, und wir hörten wieder Kates Stimme: »Geht klar, Bob. Kurier dich aus. Der Chef richtet dir gute Besserung aus.«

Es knackte noch einmal, und das Funkgerät schaltete sich aus.

»Problem gelöst!«, jubelte Emily.

»Da gibt es aber noch zweites Problem«, sagte ich.

»Was meinst du?«

»Das Auto. Das muss weg. Es kann nicht vor unserem Haus stehen bleiben.«

Tante Emily nickte nur kurz.

»Du hast recht. Eine Sekunde, ich schließe den Wagen kurz«, sagte sie, und schon hing sie unter dem Lenkrad und fummelte an Kabeln herum.

»Können wir nicht einfach den Polizisten durchsuchen?«, fragte Leo. »Er hat die Schlüssel sicherlich in einer Tasche.«

»O Gott, nein. Wollt ihr wirklich *Police Officer Fußpilz und Ausschlag* durchsuchen?«, fragte Tante Emily.

Wollten wir nicht. Nach nicht mal einer Minute lief der Wagen auch ohne Schlüssel.

»Ha! Ich kann es noch!«, triumphierte Emily. »Anschnallen, es geht los!« Meine Tante gab Vollgas, ich wurde in den Sitz gedrückt. Mit quietschenden Reifen brausten wir los.

Während wir durch die Straßen New Yorks rasten, musste ich an den Polizisten denken. »Armer Bob, der hat wirklich keine netten Kollegen«, sagte ich.

Tante Emily stimmte zu. »Typisch Polizei. Wäre er mal besser Verbrecher geworden. Da hätte er nettere Kollegen gehabt.«

Ich dachte an all die Verbrecher, die ich innerhalb und außerhalb meiner Familie kannte.

»Na ja. Eher nicht«, sagte ich, während meine Tante das Polizeiauto auf eine Brücke lenkte, die uns aus Manhattan rausführte.

Kaum hatten wir New York hinter uns gelassen, passierten wir ein gigantisches Industriegebiet. Alles sah schmutzig und verwahrlost aus, wie in einem düsteren Science-Fiction-Film. Statt Hochhäusern reckten sich Schornsteine in den Himmel und färbten ihn grau. Es war hässlich hier. Wir waren in New Jersey.

Tante Emily bog in eine kleine Nebenstraße ein. Links und rechts standen Holzhäuser, die seit Ewigkeiten verlassen waren und jetzt ihrem Untergang entgegenfaulten. Tante Emily hielt auf einen kleinen

See zu und kam am Ufer zum Stehen. Sie stieg aus, und wir folgten ihr.

»Und nun?«, fragte ich.

»Nun versenken wir das Auto im See«, sagte Tante Emily und marschierte um das Auto herum, bis sie vor dem Kofferraum stand. »Los, packt mal mit an, wir müssen schieben.«

»Warte!«, kreischte Leonie, als sich das Auto in Bewegung setzte. Sie öffnete die Beifahrertür und durchsuchte das Handschuhfach.

»Ha!«, rief sie und warf mir eine Flüstertüte zu. Das sind superpraktische Dinger.

Dann präsentierte uns Leonie noch eine Taschenlampe, ein paar Kulis und eine Salbe gegen Fußpilz.

»Das können wir doch noch alles gebrauchen!«, freute sie sich.

»Auch die Fußpilzcreme?«, fragte ich zweifelnd.

»Die ist für Bob. Der braucht die bestimmt«, sagte Leonie und steckte die Salbe ein.

Ich war positiv überrascht. Normalerweise verschwenden die Käsebiers nicht viel Zeit damit, sich Gedanken über die Bedürfnisse anderer Menschen zu machen.

Emily rief uns zu sich, und wir schoben das Auto über den steinigen Strand Richtung See. Am Ende fiel der Strand etwas ab, und das Auto rollte alleine seiner Versenkung entgegen.

»Und tschüs!«, rief Leonie.

»Auf Nimmerwiedersehen!«, rief Tante Emily.

»Das ist nicht tief genug!«, rief ich.

Tatsächlich ging das Auto nicht unter. Es stand nicht mal fünf Zentimeter tief im Wasser.

»Das ist zu flach«, erkannte nun auch Tante Emily. »Wir müssen den Wagen noch weiter in den See schieben.«

Also zogen wir unsere Schuhe aus und wateten zum Auto. Das Wasser roch muffig. So wie Papas Arbeitshose, die schon tausendmal vollgeschwitzt und vollgeblutet, aber noch nie gewaschen worden war.

»Das ist meine Glückshose. Und eine Glückshose

darf nicht in die Wäsche. Sonst wäscht man das Glück raus«, behauptete Papa immer. Er blieb sogar dabei, wenn er mal wieder in einen Krankenwagen geschoben wurde, weil eine seiner Erfindungen explodiert war.

Trotz Glückshose.

Der Boden des Sees war glitschig. Schleimiger Schlamm quetschte sich durch meine Zehen.

Im Wasser fiel es uns deutlich schwerer, das Auto zu schieben. Wir mussten mit aller Kraft drücken und unser ganzes Gewicht dagegen stemmen. Trotzdem bewegte sich der Wagen kaum von der Stelle.

»Los, volle Pulle jetzt!«, schrie Tante Emily, als das Auto im Schlick stecken zu bleiben drohte. Wir schoben so fest, wie wir konnten, legten unser ganzes Gewicht hinein, meine Muskeln brannten, meine Kehle war ausgetrocknet, meine Füße fanden kaum Halt. Dann endlich machte der Wagen überraschend einen Satz nach vorne. Ich rutschte weg und landete bäuchlings im Brackwasser.

»Ihhh! Argh. Bah.« Ich spuckte das dreckige Wasser aus. Meine Klamotten waren schwarz und schlammig.

»Trödel nicht!«, rief Tante Emily und wedelte mit den Händen, um uns zum Weitermachen zu bewegen.

Leonie grinste schadenfroh.

Zentimeter für Zentimeter wuchteten wir das Auto weiter in den See. Aber egal, wie weit wir es auch rollten, der See war einfach nicht tief genug. Erst als wir in der Mitte standen, verschwanden zumindest der Kofferraum und die Motorhaube unter der Wasseroberfläche. Der Rest, die Fenster und das Dach mit den Sirenen, stach wie eine Insel aus dem See.

»Meint ihr, das fällt jemanden auf?«, fragte Tante Emily.

»Natürlich«, sagte ich.

Leonie begutachtete das Auto und schien den Abstand bis zum Strand abzuschätzen. In dem Moment gab es durch das in den Motorraum gelaufene Wasser einen Kurzschluss, und die Sirenen legten los. Volle Möhre: Licht und Lärm.

»Doch. Ich glaube, dass ist auffällig!«, sagte Leonie.

»Wir müssen abhauen! Lauft!«, schrie Tante Emily, und wir liefen los. Raus aus dem Wasser und barfuß weiter. Wir sprinteten die kleine Nebenstraße hoch und stoppten erst, als wir die Sirenen nicht mehr hören konnten.

Dann setzten wir uns und verschnauften. Als wir wieder Puste hatten, fragte ich: »Hat von euch beiden jemand Geld für den Bus dabei?«

Leonie und Emily sahen sich an und schwiegen.

»Also müssen wir zu Fuß nach Hause gehen?« Ich konnte es nicht fassen. Ich war klitschnass, von Kopf bis Fuß verdreckt und stank derart zum Himmel, dass sogar Stinktiere, die Flucht ergriffen hätten.

»Keine Sorge. Es ist nicht weit«, versuchte Tante Emily mich zu trösten.

Sieben Stunden später waren wir wieder zu Hause. Ich war erschöpft und glücklich, obwohl ich stank wie eine stillgelegte Fischfabrik im Hochsommer.

»Mann, bist du braun geworden! Hast du in der Sonne gebadet?«, fragte mich mein Bruder anerkennend.

»Ich habe nicht in der Sonne, sondern in einem schlammigen Stinketümpel gebadet.«

»Und davon wird man braun? Cool!«, freute sich

Franz. »Mama, darf ich auch in einem Stinketümpel baden?«

»Nein«, sagte Mama, während ich unter die Dusche ging.

Kapitel 18

Der Durchbruch

Als ich am nächsten Morgen aufwachte, juckte es mich am ganzen Körper. Meine Haut war so trocken wie die Wüste. Was daran lag, dass ich am Abend zuvor stundenlang geduscht und mich mit einem rauen Spülschwamm abgeschrubbt hatte. Der verdammte Dreck aus dem Stinketümpel hatte sich wie Zecken in meine Haut gefressen.

Als ich ins Bad rannte, um mich in Omas Fettcreme zu wälzen, saß Bob mit heruntergelassener Uniformhose auf dem Pott. Bob. Der Polizist, der uns alle in den Knast bringen könnte, hockte seelenruhig auf dem Klo und blätterte dämlich grinsend in einer Zeitung.

»'tschuldigung!«, sagte ich schnell und huschte wieder raus.

Ich raste in die Küche. Nur Leonie und mein Vater waren da. Papa saß schief auf dem Stuhl und machte Dehnübungen für seinen verrenkten Rücken. Leonie schaufelte sich Müsli in den Mund.

»Bob sitzt auf dem Klo! Der Polizist, er ist wach!!«, rief ich und wedelte wild mit meinen Armen.

Leonie und Papa blieben cool.

»Er muss halt mal«, schmatzte Leonie.

»Aber … er ist Polizist! Und unser Gefangener. Der kann doch hier nicht einfach rumspazieren, wie es ihm gefällt! Was, wenn er abhaut oder Verstärkung ruft?«

Papa wischte meine Bedenken beiseite. »Der ist schon seit gestern Abend nicht mehr ohnmächtig. Er hat heute Morgen eine von Omas Schlaftabletten gekriegt. Der pennt gleich wieder ein. Mach dir keine Sorgen. Dafür besteht überhaupt kein Grund«, sagte Papa und beugte sich ächzend zur Seite.

Kein Grund zur Sorge? Jeder einzelne Tag mit meiner Familie war ein Grund zur Sorge! Ich lief zurück ins Bad. Bob war weg. Verdammt. Ich lief weiter in Omas Zimmer.

Ein Glück, da war er. Er lag im Bett neben Oma und schnarchte lächelnd. Oma schnarchte auch. Nur lächelte sie nicht. Ihrem Gesichtausdruck nach jagte sie gerade wütend Kaninchen aus ihrem Vorgarten.

»Siehst du? Alles in Ordnung«, sagte Papa. Er hielt eine Tasse Kaffee in der Hand und quetschte sich zu den anderen ins Bett. Als er endlich neben Bob lag, stöhnte er laut.

Ich schlappte resigniert zurück in die Küche, wo Leonie auf mich wartete.

»Dein Vater liegt im Bett, und der Rest buddelt. Das ist die Gelegenheit! Lass uns abhauen und schwimmen lernen! Wir müssen den Schatz so schnell wie möglich bergen«, flüsterte sie. Sie hielt mir eine Plastiktüte mit Schwimmsachen unter die Nase.

»Gleich. Ich muss erst was essen.«

Ich setzte mich und schnappte mir ein amerikanisches Brötchen. Bagel heißen die und haben ein Loch in der Mitte.

»Sag mal …«, schmatzte ich, »was machen wir mit Bob?«

»Wieso?«

Leonie setzte sich zu mir an den Tisch.

»Der hat uns doch alle gesehen und kann uns identifizieren.«

Leonie zuckte nur mit den Schultern. »Na und? Wir sind dann längst über alle Berge.«

Da war was dran. Auch wenn wir Käsebiers nicht über alle Berge, sondern nur über einen Ozean sein würden.

Trotzdem blieb die Sache mit dem Polizisten brutal gefährlich. Ein Fehler unsererseits, und wir würden einen guten Teil unseres Lebens hinter amerikanischen Gittern verbringen müssen.

»Vielleicht fällt uns auch noch was Besseres ein«, hoffte ich. Was auch immer.

»Uns fällt ganz bestimmt was ein«, log Leonie. Sie wurde ungeduldig und wibbelte auf ihrem Stuhl herum. Alle paar Sekunden sah sie auf ihre Uhr.

Ich würgte den Rest des Bagels mit einem Schluck Milch hinunter und stand auf. »Okay, von mir aus kann es losgehen.«

»Super!«, freute sich Leonie.

»Was ist super?«, fragte Mama. Sie war in die Küche gekommen, ohne dass wir sie bemerkt hatten.

»Nihichts! Das Wetter!«, antwortete Leonie eilig und versteckte ihre Tüte unter dem Tisch.

»Vom Wetter werdet ihr heute leider nicht viel haben. Ihr müsst mithelfen. Ab in den Keller«, befahl Mama. Ihr Ton und ihr Blick ließen keine Zweifel zu. Wir mussten wohl oder übel gehorchen.

KAPITEL 19

Der Boden über uns

Im Keller strahlte Onkel Harry heller als die Sonne vor der Tür. Er war verschwitzt, verdreckt, aber glücklich. Denn seiner Meinung nach war es jetzt wirklich nicht mehr weit und sowieso nur noch ein Klacks und Kinderspiel.

»Ein paar Meter geradeaus, dann zwei Meter nach oben, dann irgendwie durch die Bodenplatte, und zack sind wir alle Millionäre!«, lautete Harrys ausgeklügelter Restplan.

»Hast du das ausgerechnet?«, fragte ich.

»Was habe ich ausgerechnet?«, fragte Harry.

»Na, wie weit es noch ist.«

»Nö.« Onkel Harry schüttelte den Kopf.

»Und woher weißt du dann, dass ihr weit genug gegraben habt?«, hakte ich noch mal nach.

»Ich muss das nicht ausrechnen. So was habe ich im Gefühl!«, behauptete mein Onkel stolz. »Und wie soll man so was denn bitte auch ausrechnen? Das geht doch gar nicht. Das ist ja Raketenwissenschaft!« Er machte ein Gesicht, als wäre ich hier der Trottel und nicht er. Das wollte ich nicht auf mir sitzen lassen.

»Indem man draußen auf der Straße mal die Distanz von unserem Haus bis zum Ziel ausmisst. Und dann misst man noch die Länge des Tunnels und …«

»Viel zu kompliziert!«, unterbrach mich Tante Emily.

»Sag ich doch: Raketenwissenschaft!«, rief Onkel Harry.

»Überhaupt nicht!«, protestierte ich. »Das ist doch ganz einfach.« Weiter kam ich nicht, denn Tante Emily grätschte dazwischen.

»Rechnen ist doch nur neumodischer Quatsch. Das braucht kein Mensch. Wenn Harry das Gefühl hat, wir sind da, dann sind wir da.«

»Danke, mein Schatz.« Die beiden gaben sich einen Kuss.

Leonie sah weg und drehte sich erst wieder um, als ihr Vater und Tante Emily im Tunnel verschwunden waren.

Ich blieb im Keller und baute Sandburgen aus der Erde, die Leonie zu mir schleppte.

»Du sollst mitkommen. Es ist gleich so weit. Wir sind gleich durch. Papa hämmert schon von unten an der Bodenplatte rum. Gott sei Dank. Ich kann auch bald nicht mehr«, ächzte Leonie und wischte sich den Schweiß von der Stirn.

Auf allen vieren und mit Leonies Stirnlampe krabbelte ich durch den Tunnel, bis ich meine aufgekratzte Verwandtschaft fand. Alle hockten im Kreis um Onkel Harry herum, so als wäre der ein Lagerfeuer und wir Camper im Wald.

Die Augen meiner Mutter leuchteten voller Vorfreude, als würde sie gleich ein ganz besonders großes Geschenk auswickeln. Sie war so glücklich, dass sie mich fest an sich drückte, während Onkel Harry sich einen dicken Hammer schnappte.

»Passt auf eure Köpfe auf!«, ermahnte er uns und schlug zu. Ein dumpfer Knall. Weißer Staub füllte die Luft und unsere Lungen. Ich musste husten. Mama zog mir mein T-Shirt über Mund und Nase, da schlug Onkel ein weiteres Mal zu. Wieder rieselte weißer Staub herunter. Ein neuer Schlag, und die ersten Risse zeichneten sich in der Bodenplatte ab. Lange Risse. Tiefe Risse. Und nach weiteren Schlägen platzten endlich die ersten Zementbrocken aus dem Boden und krachten auf unsere Köpfe.

Der Zement hatte uns komplett eingestaubt. Unsere Gesichter sahen aus, als wären wir Gespenster, und unsere Haare, als wären wir Oma.

»Gleich sind wir reich«, jauchzte Mama.

Als sich der Staub gelegt hatte, fiel ein schwacher Lichtstrahl zu uns herab. Der Durchbruch. Wir hatten es geschafft. Onkel Harry griff sich die Spitzhacke, schlug sie durch den Spalt und riss ihn weiter auf, bis wir durchpassten.

Dann standen wir in einem Keller. Er war bis auf einen zusammengerollten Teppich und ein paar achtlos in die Ecke gefeuerte Kartons leer. Nur eine winzige verstaubte Glühbirne spendete etwas Licht.

»Hier ist eine Treppe und eine Tür!«, rief mein Bruder, der den Raum schon erkundet hatte. Er lief die Treppe hoch und rüttelte an der Tür. »Verschlossen. Mist«, schimpfte er. »Wenn ich jetzt meinen Dietrich hätte, dann …«

»Bekämst du die Tür auch nicht auf«, sagte ich und fing mir einen bösen Blick ein.

»Lass mich mal.« Tante Emily schob meinen Bruder zur Seite. Sie baute sich vor der Tür auf, bog ihren Lulatschkörper zur Seite und rammte ihre Schulter gegen die Tür. Die flog krachend aus den Angeln und landete flach auf dem Boden.

»Offen! Hereinspaziert in eine strahlende Zukunft!«, verkündete Emily grinsend.

Und so trampelten wir über die Tür in die stockfinstere Kunstgalerie.

Die Rollläden waren unten. Was natürlich gut war,

denn so konnte uns niemand von der Straße aus sehen. Wir teilten uns auf und tasteten die Wände nach einem Lichtschalter ab. Ich war gespannt wie ein Flitzebogen, denn schon oft hatten wir versucht, in Museen einzubrechen, waren bislang aber immer kläglich gescheitert. Egal, wie viele Nächte wir uns auch abmühten, nicht ein einziges Mal war es uns gelungen, wenigstens eine Tür oder ein Fenster zu öffnen. Auch unser Versuch, es wie der Weihnachtsmann zu machen, schlug fehl.

Aber wie ich im Schein der knisternd aufflackernden Neonröhren schnell erkennen musste, würde ich noch länger auf den Anblick meisterhafter Gemälde warten müssen. Denn statt auf unschätzbar kostbare Kunst zu starren, glotzten wir ungläubig auf überraschend günstige Gummistiefel.

Gummistiefel in allen Farben und Größen standen in Regalen, lagen auf Tischen und hingen von der Decke. Wir waren in ein Fachgeschäft für Gummistiefel eingebrochen.

»Und die Dinger sollen Millionen wert sein?«, fragte mein Bruder. Er hielt ein paar babyblaue Stiefel für Kinder in der Hand, auf die ein farbenblinder Designer rote, grüne und pinke Einhörner hatte drucken lassen.

»Zu weit! Wir haben zu weit gebuddelt!«, ächzte Onkel Harry. Und während er fassungslos durch den Laden marschierte, freute sich Tante Emily über ein paar quietschbunte Gummistiefel.

»Die sind ja niedlich! Und sie passen sogar!«

Tante Emily latschte in den Gummistiefeln auf und ab und zeigte sie Mama. Die konnte sich nicht so richtig begeistern. Ihre Enttäuschung, mal wieder am Reichtum vorbeigeschliddert zu sein, setzte ihr sichtlich zu.

Ich war weniger enttäuscht. Im Grunde erlebten wir hier ja das typische Ende eines Käsebier-Einbruchs. Einen totalen Fehlschlag.

»Und was machen wir jetzt?«, fragte ich.

»In den richtigen Laden einbrechen! Wir haben noch …« Onkel Harry sah auf seine Uhr und begann zu rechnen. Er benutzte alle Finger, kam aber zu keinem genauen Ergebnis, »… ungefähr ein paar Stunden Zeit.«

»Packt euch ein paar Gummistiefel ein, und dann nichts wie raus hier«, befahl Mama mit tonloser Stimme.

Ich stahl nichts. Alle anderen dafür umso mehr. Mein Bruder hatte sich acht Paar Gummistiefel ausgesucht und sogar für Oma ein paar goldene eingepackt. Bevor wir abhauten, entrollten wir den Teppich. Dann kletterten wir wieder in den Tunnel und zogen ihn, so weit es ging, über das Loch im Boden.

»Hoffentlich läuft keiner drüber und stürzt ab«, bemerkte Franz.

Er hatte recht. Das Loch war gefährlich. Hier konnte man sich ruckzuck etwas brechen. Das sahen alle so. Wir Käsebiers sind zwar Kriminelle, aber keine Gewalttäter. Jemanden zu verletzen kam nicht infrage. Also holte Onkel Harry ein Holzbrett aus unserem Keller und vernagelte damit das Loch, bevor wir alle durch den Tunnel zurückkrabbelten.

An einer Stelle stoppte Onkel Harry und ritzte ein dickes Kreuz in die Decke. »Und genau hier sind wir jetzt wirklich unter der Galerie! So in etwa. Ungefähr. Schätze ich. Da brechen wir später durch. Heute Abend oder so. Erst mal machen wir eine Pause.«

Das Wort *Pause* klang wundervoll in meinen Ohren. Meine Hände brannten vom vielen Eimerschleppen, und meine Kehle war trocken und staubig.

Als wir endlich wieder in unserem Keller standen, überraschte uns Oma.

Sie trug einen Helm und hatte sich in eine weiße Latzhose gequetscht. Mit einer Hand hielt sie sich am Geländer fest.

»Mama, was machst du hier unten?«, rief meine Mutter und stürzte auf Oma zu, als würde sie gleich vornüberfallen.

»Lass mich los. So wackelig bin ich noch nicht«, meckerte Oma und schüttelte Mama wie eine lästige Fliege ab.

»Oma, ich habe Gummistiefel für dich!«, freute sich Franz.

»Danke, mein Schatz. Wo hast du die denn her?«

Wir klärten sie über unseren Fehlschlag auf. Oma zeigte sich weder überrascht noch verärgert. Sie hatte sich längst zähneknirschend damit abgefunden, mit einer völlig unbegabten Familie gestraft zu sein.

Sie fragte nur: »Habt ihr denn den Abstand nicht ausgemessen?«

Harry und Emily sahen verschämt zu Boden, während ich mir ein Grinsen nicht verkneifen konnte.

»Wie auch immer! Völlig egal, was war!«, entschied Oma. »Auf ein Neues. Diesmal wird es sicher klappen, denn schließlich bin ich ja jetzt dabei.«

Oma krallte sich einen Eimer.

»Aber du musst dich hinlegen und dich schonen«, sagte Tante Emily.

Aber Oma sah das anders. Sie fühlte sich topfit und ausgeruht und zu allen Schandtaten bereit. »Außerdem ...«, erklärte sie, »... habe ich mich bei dem Polizisten wahrscheinlich mit Ehrlichkeit angesteckt. Deshalb muss ich sofort etwas Kriminelles tun, bevor es zu spät ist! Stellt euch mal vor, ich wäre plötzlich nett zu meinen Nachbarn.« Omas Gesicht war kreidebleich, und jeder Protest sinnlos. Wir waren alle müde und brauchten eine Pause, aber Oma schnappte sich einen Eimer, eine Schaufel und versuchte, in den Tunnel zu klettern. Der befand sich ja in Hüfthöhe, was für Oma ein unüberwindliches Hindernis war. Sie hopste, legte sich halb hinein, krallte sich mit ihren Fingernägeln in den Tunnelboden und versuchte, sich hochzuziehen, während sie mit ihren Beinen strampelte.

Ich biss mir auf die Lippen, um nicht zu lachen. Man sollte nie über meine Oma lachen. Zumindest nicht, wenn sie anwesend war. Oma konnte superschnell supersauer werden.

»Jetzt helft mir doch endlich!«, kreischte Oma sauer.

Mama und Tante Emily sprangen ihr widerwillig zur Seite. »Oma, das ist zu anstrengend für dich. Weiter hinten kannst du auch nicht mehr stehen. Da musst du auf allen vieren kriechen«, sagte Tante Emily.

»Das macht mir nichts aus. Und jetzt packt meine Hüften und schiebt mich hoch!«, befahl Oma. Mama und Tante Emily packten zu und wuchteten Oma nach oben.

Wie ein gestrandeter Wal lag Oma nun im Stollen und kam nicht mehr hoch. Sie hatte Schmerzen, wollte sich aber nichts anmerken lassen. Tante Emily und Onkel Harry kletterten also hinterher und halfen ihr auf die Beine. Oma richtete ihren Helm, klopfte sich den Staub von der Latzhose und marschierte erhobenen Hauptes tiefer in den Tunnel. Onkel Harry schnappte sich die Leiter.

»Es geht ja heute steil bergauf mit uns!« Er grinste, zeigte zur Decke und ging voran. Leonie und ich bildeten den kopfschüttelnden Schluss.

Nach ein paar Metern wurde der Tunnel wieder niedriger und enger. Wir mussten auf die Knie. Harry, mein Bruder und Tante Emily hatten Stirnlampen und übernahmen die Führung. Oma folgte ihnen und trieb sie an.

»Macht mal schneller«, keuchte sie. »Oder seid ihr schon schlapp?«

Die drei gaben Gas. Sie krabbelten so eilig, als hätten sie einen Bären beim Winterschlaf aufgescheucht. Oma hechelte hinterher. Und dann passiert es. Oma blieb mit ihrem Hintern im Tunnel stecken. Und egal, wie sehr sie sich auch drehte und wand, sie blieb stecken.

»Mist! Verdammte Hamburger und Fritten! Zieht! Los, zieht an meinen Armen«, forderte sie. Wir hörten, wie Onkel Harry, Mama und Franz bis drei zählten und dann ruckartig an Oma herumrupften. Aber Omas Hintern schwebte weiter wie ein Mond direkt vor unseren Gesichtern. Sie bewegte sich keinen Millimeter. Dann waren wir dran.

»Ihr zwei da hinten, versucht ihr es mal! Packt ihre Beine«, forderte Onkel Harry.

Leonie und ich quetschten uns nebeneinander und packten Omas Beine. Wir zogen und rissen und drückten. Nichts.

Oma bewegte sich nicht. Oma steckte fest wie ein Weinkorken in der Flasche.

Tante Emily geriet langsam, aber sicher in Panik.

Franz war schon völlig aufgelöst. Ihm war aufgefallen: Wenn Oma feststeckte, kam auch er nicht mehr aus dem Tunnel raus. Er war gefangen. Seine Stimme überschlug sich.

»Ich will hier raus. Ich will nicht in einem Loch sterben. Wir kommen hier nie wieder raus! Wir sterben. Atme ich noch?«

Ich hörte meinen Bruder wimmern und Mama, die versuchte, ihn zu beruhigen.

»Und nun? Was machen wir jetzt?«, fragte Tante Emily.

Onkels Antwort waberte dumpf an Omas Hintern vorbei.

»Der Tunnel. Wir müssen den Tunnel verbreitern. Beweg dich bloß nicht, Oma.«

»Sehr witzig«, meckerte die zurück.

Jetzt hörten wir, wie jemand gegen die Wand des Tunnels schlug. Sand rieselte zu Boden.

Und plötzlich zog Leonie mich rückwärts am Ärmel aus dem Tunnel raus. Ich wollte etwas sagen, aber Leonie hielt ihren Finger vor ihre Lippen. Pssst.

Erst als wir im Keller standen, fragte ich: »Was ist los? Was soll das?«

»Wir gehen jetzt schwimmen«, entschied Leonie. »Die haben genug mit sich selbst zu tun.«

Geschrei drang aus dem Tunnel. Oma beschimpfte

Tante Emily, Franz fühlte sich lebendig begraben, und Onkel Harry und Tante Emily bereuten lautstark, uns »Deppen« überhaupt eingeladen zu haben. Dass wir verschwunden waren, fiel niemanden auf.

KAPITEL 20

An Land gekrochen

Die Zeit war knapp. Es würde nicht ewig dauern, bis sie meine Oma befreit hatten. Also rannten wir, als wäre die Polizei hinter uns her.

Wir rasten über Straßen, kletterten über Bauzäune und durchquerten einen kleinen Spielplatz, bis wir endlich vor dem Schwimmbad standen. Es gehörte zu einer Schule, und durch die beschlagenen Scheiben konnte ich zwei Becken erkennen. Ein kleines, flaches für Nichtschwimmer und ein größeres, in dem man sich von einem Sprungturm ins Wasser stürzen konnte. Das Schwimmbad war genauso leer wie der Schulhof.

»Samstag ist schulfrei«, sagte Leonie.

»Bei uns auch«, antwortete ich.

»Komm«, flüsterte Leonie. Sie schlich um das Schwimmbad herum und blieb vor einer Tür stehen. »Das ist ein Nebeneingang.«

»Woher weißt du das alles?«

»Seit deine Oma da ist, geht Papa hier nachts ab und zu schwimmen. Er sagt, er braucht das, um nicht durchzudrehen und um mal auf andere Gedanken zu kommen«, erklärte Leonie.

»Nachvollziehbar.«

Alle, die Oma kennen, brauchen so einen Ort. Für meinen Papa ist das der Hobbykeller, für Leonies offensichtlich das Schulschwimmbad.

Leonie führte einen kleinen Draht in das Türschloss ein und stocherte darin herum. Doch plötzlich stoppte sie.

»Was ist? Schaffst du es nicht?«, fragte ich.

»Pfft. Natürlich schaffe ich es. Ich wollte dir nur mal kurz danke sagen. Dass du mich überredest hast, schwimmen zu lernen, und so.«

»Kein Ding«, meinte ich und freute mich.

»Ich weiß gar nicht, warum ich mich so angestellt habe. Ich meine, mein Gott, selbst du hast schwimmen gelernt! Wie schwer kann es also sein?«

Ich schluckte die Beleidigung runter.

Leonie stupste mir in die Rippen. »War nur ein Witz. Dann lass uns jetzt mal reingehen und endlich schwimmen lernen.«

Sie widmete sich wieder dem Schloss, drehte den Draht ein wenig und zog, bis es klackte. Dann stieß sie die Tür auf.

»Nach Ihnen!«, triumphierte sie.

»Vielen Dank.«

Wir befanden uns in einem Technikraum. An den Wänden standen überall Maschinen, und unter der Decke hingen dicke Rohre.

Leonie lief vor. Sie führte mich durch leere Flure und Kabinen bis ins Büro des Bademeisters. Das war nur eine Glaskabine, durch deren beschlagene Fenster, man das ganze Bad im Blick hatte.

»Wir brauchen doch Schwimmsachen«, erklärte Leonie und durchsuchte einen Stahlspind.

»Hier! Die dürfte passen.«

Sie warf mir eine rote Badehose zu.

»Wem gehört die?«

»Keine Ahnung. Die haben irgendwelche Kinder vergessen. Ha! Und ein Badeanzug für mich. Perfekt. Umziehen und dann ab ins Wasser!«

Wir nahmen uns jeder noch ein Handtuch und sausten zu den Kabinen.

Ich freute mich riesig. Obwohl ich, ehrlich gesagt, nicht gerne schwamm. Schwimmen ist langweilig. Aber tauchen und vom Sprungturm springen finde ich absolut super. Daher hatte ich mir auch fest vorgenommen, Leonie gleich als Erstes mit einer fetten Arschbombe zu überraschen. Arschbomben sind meine Spezialität! Da macht mir keiner was vor. Und das, obwohl ich kaum Gelegenheit zum Üben hatte. Für Schwimmbadbesuche fehlte unserer

Familie das Geld, und in Baggerlöchern oder Seen durfte ich nicht schwimmen. Zu gefährlich, meinte Mama.

Leonie und ich verließen unsere Kabinen zeitgleich und liefen, unsere Klamotten unter den Arm geklemmt, dem Wasser entgegen.

Aber als Leonie sich den Becken näherte, änderte sie ihre Meinung. Sie bremste abrupt und ging rückwärts, als wäre Wasser ein gefährliches Tier.

»Vergiss es, ich lerne doch nicht schwimmen«, sagte sie.

»Was ist los? Gerade eben wolltest du doch noch.«

»Gerade eben war ich auch noch jünger und dümmer.«

»Hast du Angst?«, fragte ich.

Leonie schnaufte übertrieben und warf noch übertriebener ihre Arme in die Luft. »Angst? Unsinn! Es geht mir ums Prinzip! Meine Vorfahren sind nicht vor Abermillionen Jahren an Land gekrochen, damit ich jetzt wieder ins Wasser gehe. Schwimmen ist unnatürlich! Es ist gegen die Evolution. Bist du gegen die Evolution? Willst du, dass die Menschen wieder zurück ins Meer gehen und Fische werden? Oder Quallen? Oder Seepferdchen?«, schrie mich Leonie an.

»Du sollst ja nicht zurück ins Wasser. Du sollst

schwimmen lernen. Pass auf. Es gibt überhaupt keinen Grund, sich zu fürchten. Vor allem gibt es keinen Grund, Angst vor Schwimmbecken zu haben. Sieh mir zu. Das macht Spaß.«

Ich nahm Anlauf, sprang, umklammerte in der Luft meine Knie und landete eine Eins-a-Arschbombe in den Pool.

Aber statt lässig ins Wasser zu klatschen und eine Wasserfontäne hoch zur Decke zu jagen, knallte ich dumpf auf den Boden und prellte mir mein Steißbein.

»Ist kein Wasser drin«, sagte Leonie nach einem kurzen Blick in den Pool.

»Hab ich auch gemerkt«, stöhnte ich. Mein Hintern fühlte sich an, als hätte ein Profiboxer ihn mir versohlt. Gut, dass ich ins Nichtschwimmerbecken gesprungen war. Hätte ich mich in das andere gestürzt, hätte man mich jetzt vom Beckenboden kratzen können. So gesehen: Schwein gehabt.

»In dem anderen Becken ist Wasser drin«, stellte Leonie im gleichen Moment fest, und ich fühlte mich wie ein kompletter Idiot.

Leonie half mir aus dem Pool und führte mich zur Glaskabine des Bademeisters.

»Setz dich«, sagte sie und zeigte auf einen abgewetzten Bürostuhl.

»Ich setze mich nie wieder«, stöhnte ich und blieb stehen.

»Ich schaue mal nach, ob es hier etwas Eis oder eine Salbe gibt.« Leonie durchwühlte den kleinen Kühlschrank. Während sie nach Kühlung fahndete, begutachtete sie alle Dinge, die ihr in die Finger fielen und steckte einiges davon ein.

Ich beobachtete, wie ein Bleistift, eine Trillerpfeife und ein Kartenspiel in ihrer Tüte verschwanden.

Unter dem Schreibtisch fanden wir einen Karton, in dem Schwimmreifen und Schwimmärmchen verstaut waren.

»Das ist gut! Wir ziehen dir einfach Schwimmärmchen an«, freute ich mich.

»Meinst du?« Leonie begutachtete zweifelnd die Ärmchen.

»Na klar. Damit und mit einem Schwimmreifen um den Bauch kann dir nichts passieren«, behauptete ich. »Damit gehen sogar Babys schwimmen.«

»Babys, hm?« Leonie war nicht überzeugt. Also warf ich ihr ein paar unaufgepumpte Schwimmärmchen zu.

»Zieh die mal an. Nur zum Test«, sagte ich und begann, einen Schwimmreifen aufzublasen.

»Babys sind nicht so schwer wie ich. Ich brauche mehr von dem Zeug.«

»Macht Sinn«, musste ich zugeben. Ich blies weitere Schwimmreifen und -ärmchen auf und zog sie quietschend über Leonies Arme und Bauch.

»Hm. Was ist das da?«, fragte Leonie und zeigte auf einen länglichen Karton. Ich öffnete ihn. Er war randvoll mit Schwimmnudeln. Schwimmnudeln sind diese langen, wurmartigen Schaumstoffrollen, mit denen man prima schwimmen lernen und sich auf die Rübe hauen kann. Ich schnappte mir zehn Stück und begann, sie zusätzlich zu den anderen Schwimmhilfen, um Leonies Bauch und Arme zu wickeln.

»Mach mir auch welche um die Beine! Sicher ist sicher.«

»Von mir aus.«

Da Leonie sehr dünne Beine hatte, konnte ich die Nudeln spielend einfach um ihre Beine knoten.

»Zufrieden?«, fragte ich und betrachtete mein Werk. Sie sah aus wie ein riesiger Küchenschwamm mit Bärenmütze.

»Halbwegs.«

»Immerhin«, sagte ich und marschierte los zum Becken. Leonie blieb stehen.

»Was ist?«

»Ich kann nicht laufen. Kann meine Beine nicht richtig bewegen.«

»Oh. Klar.« Ich freute mich darüber, dass Leonie ihren Widerstand aufgegeben hatte und sich problemlos zum Becken schieben ließ. Als wir angekommen waren, fragte ich: »Soll ich als Erster rein?«

»Ja. Gute Idee«, murmelte Leonie.

Ich zögerte, ins Wasser zu springen. »Du haust aber nicht ab, sobald ich drin bin, oder?«, fragte ich.

»Wie sollte ich das denn anstellen?«, fragte Leonie und sah an sich herunter. Weit käme sie nicht.

Ich sprang ins Becken. Das Wasser war genau richtig. Nicht zu kalt, aber dennoch erfrischend.

»Komm rein«, rief ich Leonie zu.

Die stöhnte, machte einen winzigen Schritt und setzte sich an den Beckenrand. Sie brauchte dafür länger als Oma. Dann schloss sie ihre Augen und ließ sich seitlich ins Wasser kippen. Leonie schwamm oder vielmehr trieb auf dem Wasser wie ein Tischtennisball oder eine Boje. Sie war vollkommen sicher, aber auch vollkommen hilflos. Egal, wie sehr sie auch ruderte und strampelte, weder ihre Arme noch ihre Beine reichten ins Wasser. Sie eierte, gefangen in Schwimmnudeln, zwanzig Zentimeter über der Wasseroberfläche. Als hätten ich sie auf ein Schaumstofffloß gefesselt.

»Eduard!«, schrie sie. »Hol mich hier raus. Sofort!« Sie klang panisch und wütend zugleich.

Als ich sie wieder an Land gezogen und ausgepackt hatte, war Leonie aber überraschenderweise fröhlich und zufrieden.

»Schwimmen ist gar nicht mal so übel«, fand sie.

»Du bist nicht geschwommen. Du bist auf dem Wasser herumgetrieben wie ein Korken. Du musst dich ja noch nicht mal abtrocknen, denn du bist gar nicht nass geworden!«, sagte ich und zeigte auf ihren furztrockenen Badeanzug.

»Völlig egal!«, behauptet Leonie. »Wir nehmen all das Gummizeug hier mit, und bevor wir aufs Schiff steigen, wickeln wir mich wieder ein, und alles ist gut, und ich bin sicher.«

Leonie lächelte von einem Ohr zum anderen. »Und dann holen wir meinen … unseren Schatz!«

Gut und sicher? Na ja.

KAPITEL 21

Der Durchbruch

Wieder zu Hause angekommen, flitzten wir schnell ins Schlafzimmer und versteckten die Schwimmhilfen. Die Schwimmreifen und -ärmchen stopften wir in die große Trommel von Leonies Schlagzeug, und die Schwimmnudeln warfen wir auf den Schrank.

Als wir durch die Küche schlichen, hörten wir im Nebenzimmer Bob schnarchen und Papa jammern, weil er wegen der Schnarcherei nicht pennen konnte. Ich dachte kurz darüber nach, Papa zu fragen, ob er was brauchte. Ich ließ es aber. Wenn Papa krank ist, wird er immer weinerlich und will, dass man ihm was vorliest oder ihn lautstark bedauert. Und dafür fehlte uns die Zeit. Wir mussten so schnell wie möglich wieder in den Keller runter, bevor den anderen auffiel, dass wir kurz weg gewesen waren. Und wir kamen keine Sekunde zu früh.

Onkel Harry und den anderen Eingeschlossen war es noch nicht gelungen, Oma zu befreien. Sie steckte immer noch im Tunnel fest wie eine Plombe in einem Backenzahn. Dafür waren sie offensichtlich kurz davor, in das diesmal hoffentlich richtige Haus einzubrechen. Wir krabbelten wieder in den Tunnel und hörten die dumpfen Schläge eines schweren Hammers auf Beton. Es krachte.

»Wir sind durch!«, jubelte Mama.

»Wird auch Zeit«, meckerte Oma. »Mir schlafen langsam die Beine ein.«

»Wir räumen schnell den Laden aus, dann ziehen wir dich von der anderen Seite raus und hauen ab. Ab jetzt ist alles nur noch ein Kinderspiel«, glaubte Harry.

»Sollen wir mal ziehen?«, rief ich. Ich saß direkt neben Leonie und hinter Oma.

»Ach schau an, wer sich hier die Ehre gibt und auch mal vorbeischaut!«, schimpfte Mama aus dem Tunnel.

Unser Verschwinden war wohl doch nicht unbemerkt geblieben.

»Wo wart ihr?«, fragte Oma. »Wir haben nach euch gerufen.«

»Och, wir waren nur kurz mal draußen. Frische Luft schnappen«, log Leonie.

Wir hörten, wie Onkel Harry an der Metallleiter rumhantierte. Es klapperte, als er sie zu voller Größe auseinanderschob.

»Haltet die Leiter gut fest«, sagte er.

»Machen wir«, antwortete Tante Emily, und wir

hörten scharrende Geräusche, während Onkel Harry sich an den Aufstieg machte.

»Ich hab es gleich geschafft. Gleich bin ich oben! Noch einen ... Geschafft! Ich bin drin. Ich bin ... Oh, oh«, rief er.

Oh, oh? Was sollte das bedeuten?

»Harry?«, rief Tante Emily. »Alles in Ordnung?«

»Nicht so wirklich«, antwortete Harry.

»Was ist los?«, fragte Franz.

»Wir sind los. Was macht ihr in unserem Keller?«, hörten wir eine tiefe, bedrohliche Männerstimme, die nicht zu Harry gehörte.

»Oh, oh«, sagte Tante Emily.

»Wer ist das?«, fragte Mama.

Tante Emily sprach leise. Ich verstand ihre Antwort kaum. Aber was ich hörte, war beunruhigend. Sie nannte den Namen *Jimmy* und sagte etwas wie Verbrecherboss, Bande, gefährlich.

Ich dachte darüber nach, mein Ohr an Omas Hintern zu halten, um besser lauschen zu können. Aber vieles sprach dagegen. Es war auch nicht nötig, denn jetzt wurde es hinter Oma lauter. Eine zweite und dritte Männerstimme erfüllten den Tunnel, und die Stimmen klangen wütend und böse.

»Euch werden wir beibringen, uns zu bestehlen!«, hörte ich die eine Stimme schimpfen, und die zweite befahl: »Los, rauf hier und keine Faxen machen! Sonst knallt es.«

Leonie und ich sagten kein Wort. Wie erstarrt hörten wir mit an, wie unsere Eltern von Verbrechern gefangen genommen wurden. Wie hatte das passieren können? War Harry erneut ins falsche Haus eingebrochen?

»Seht nach, wer noch im Tunnel ist und wo er hinführt«, befahl Jimmy. Zumindest glaubte ich, dass die dröhnende Stimme Jimmys war. Denn die gehörte definitiv dem Boss der Verbrecherbande. Und dann klang es, als kletterten zwei Männer in den Tunnel. Aber sie kamen nicht weit.

»Da steckt eine Oma fest«, rief eine Stimme.

»Hä? Wovon schwafelst du?«, rief der Boss zurück.

»Da klemmt 'ne alte Schachtel in der Wand.«

»Frechheit!«, keifte Oma.

»Und man kommt nicht an ihr vorbei.«

»Dann zieht sie raus«, schrie Jimmy.

»Finger weg!«, kreischte Oma, als die beiden Schurken sie packten.

»Beruhig dich, Oma.«

»Nenn mich nicht Oma, du ungehobelter Kerl!«

Oma Hintern zitterte, bewegte sich aber nicht vom Fleck.

»Wir kriegen sie nicht los. Die steckt bombenfest.«

»Dann mit Gewalt. Ich will wissen, ob da noch mehr von denen sind.«

Wir hörten meine Mutter: »Da ist niemand mehr. Oma ist die letzte. Mehr sind wir nicht. Und wenn wir nicht alleine wären, dann wären alle anderen doch längst abgehauen und hätten sich in Sicherheit gebracht. So schnell wie möglich. Vor allem, falls sie jetzt noch meine Stimme hören. Also, die, die es nicht gibt.«

Das war eine Nachricht an Leonie und mich. Das hatten wir beide sofort begriffen. Und natürlich auch alle anderen.

»Zieht die Alte aus der Wand, und seht zu, dass ihr mir die Komplizen dieser Deppen hier bringt.«

Leonie und ich rutschten rückwärts. Wir mussten weg, trauten uns aber auch nicht, den Hintern von Oma auch nur eine Sekunde aus den Augen zu lassen. Denn der bewegte sich plötzlich. Und mit einem Rutsch war er verschwunden. Einfach in die Dunkelheit gesogen.

»Finger weg. Loslassen«, meckerte Oma.

»Immer mit der Ruhe, Oma«, brummte eine tiefe Männerstimme.

Dann hörten wir ein klatschendes Geräusch und das Gejammer eines Mannes.

»Aua. Die Oma hat mir eine Ohrfeige gegeben.«

»Wenn du mich noch einmal *Oma* nennst, versohle ich dir auch noch den Hintern!«, zischte Oma.

Jetzt wurde es Jimmy zu bunt.

»Bring die Oma hoch und hol die Komplizen!«, befahl er.

Wir krabbelten rückwärts, so schnell wir konnten, und versuchten, uns gleichzeitig an dem Holzpfosten am Tunneleingang vorbeizuquetschen. Keine gute Idee … Der Pfosten geriet ins Rutschen, und auch das Brett, dass er gegen die Decke presste, bewegte sich. Sand rieselte herab. Erste Brocken folgten. Ich packte den Pfosten und hielt ihn fest, bis sich die Decke wieder beruhigte. Wir rutschten weiter und erreichten den Keller. Niemand war hinter uns her. Aber wir konnten die Verbrecher hören.

»Ich passe nicht durch! Der Tunnel ist zu schmal für mich.«

Dann herrschte für einen Moment Stille … bis Jimmy entschied: »Dann kommt hoch und verschließt das Loch. Legt eine Platte drüber. Wir kümmern uns später um die anderen.«

»Juhu!« Leonie riss ihre Arme nach oben. »Gerettet! Wir sind in Sicherheit!«

Wir schon. Nur was war mit unserer Familie? Sollten wir versuchen, Police Officer Miller zu wecken? Der könnte Verstärkung rufen und unsere Leute befreien. Doch da gab es ein weiteres Problem: Sie würden gleich mit ins Gefängnis wandern.

»Und jetzt?«, fragte ich.

»Komm mit«, sagte Leonie.

KAPITEL 22

Kunstspezialisten und Kartenspiele

Leonie zog mich hinter sich her durch die Küche in den Garten. Sie hatte einen Plan. »Wir schleichen uns von hinten ran«, sagte sie, und schon kletterten wir über Zäune und schlichen durch fremde Gärten, bis wir vor der Galerie standen.

Wir legten uns auf den Bauch und robbten unter das Fenster. Ich wagte einen Blick. Wir blickten in eine einfache Küche. Es gab weder Herd noch Ofen, lediglich eine Spüle, eine Kaffeemaschine, einen Tisch, ein paar Stühle und eine Couch standen herum. Und auf der abgewetzten Couch saßen meine Mutter, Onkel Harry, Tante Emily und mein Bruder. Zwei Männer mit Pistolen standen vor ihnen. Am Küchentisch hockte ein weiterer Kerl, der besonders fies aussah. Er trug eine Augenklappe wie ein Pirat und war so groß und stark, dass selbst der gewaltige Kaffeepott in seinen Händen wirkte wie ein Teetässchen aus einer Puppenstube. Jetzt stellte der Mann seinen Kaffee beiseite und fragte: »Was wollt ihr hier? Worauf hattet ihr es abgesehen?«

Die Stimme! Das musste definitiv Jimmy sein.

Onkel Harry antwortete. Er war hektisch und schien ziemlich nervös.

»Wir wussten nicht, dass ihr hier sein würdet! Wir dachten, wir brechen in eine Galerie ein.«

»Galerie? Das ist keine Galerie. Das ist alles nur Tarnung. Wir lagern unsere Beute hier im Keller. Das sind doch auch gar keine echten Bilder. Das sind Kunstdrucke. Nichts anderes als gerahmte Poster zu absurd hohen Preisen. Ist euch das nicht aufgefallen?«

Schweigen. Niemand antwortete. Was sollten sie auch sagen? Dass sie echte gemalte Bilder nicht von ein paar Farbkopien unterscheiden können?

Onkel Harry begnügte sich damit, einen knallroten Kopf zu bekommen. Oma schüttelte nur fassungslos den Kopf, und Tante Emily und meine Mutter hatten genug damit zu tun, Onkel Harry böse anzustarren. Er war für das Auskundschaften der Galerie zuständig gewesen. Er war derjenige, der die Poster für echte Kunstwerke gehalten hatte.

»Nee, ist mir nicht aufgefallen«, gab Harry kleinlaut zu.

Die Verbrecher lachten sich schlapp.

Oma schnaufte laut und stand auf.

»Gut, da es hier nichts zu klauen gibt und alles nur ein Missverständnis war, denke ich, dass wir uns jetzt einfach für das Loch im Keller und den Ärger entschuldigen und dann den Heimweg antreten.«

»Halt, halt, halt. So einfach lassen wir euch nicht laufen«, sagte Jimmy. »Ihr wisst zu viel.«

Oma setzte sich wieder. Harry Gesichtsfarbe war von rot zu weiß gewechselt.

»Aber … wir verraten nichts, versprochen. Wir sind doch Kollegen«, piepste er.

Doch die Verbrecher ließen sich nicht darauf ein. »Fesselt sie!«, befahl Jimmy.

»Was habt ihr mit uns vor?«, fragte Mama besorgt.

»Das weiß ich noch nicht. Ich denke mir noch etwas aus.« Jimmy lächelte dabei so gemein, dass ich Gänsehaut bekam.

Die zwei Schurken packten meine Mutter und fesselten sie. Wut stieg in mir auf, und als meine Mama »Arrgh, nicht so fest« jammerte, wäre ich um ein Haar aufgesprungen. Aber Leonie hielt mich zurück. Sie zog mich wieder runter.

»Mach keinen Unsinn«, zischte sie.

»Meine Mutter. Mein Bruder. Meine Oma«, stammelte ich.

Leonie drehte meinen Kopf, bis sie mir direkt in die Augen starrte.

»Sieh mich an, Eduard«, flüsterte sie. »Du musst dich beruhigen. Natürlich werden wir unseren Lieblingstrotteln aus der Patsche helfen. Wäre ja nicht das erste Mal, hm?«

Sie zwinkerte mir zu und stupste mir verschwörerisch ihren spitzen Ellbogen in die Rippen.

»Denn egal, was der Typ sich ausdenkt, es wird keine Überraschungsfeier mit Kakao und Keksen sein. Aber wir müssen unseren Kopf benutzen.« Leonie tippte sich mit ihrem Zeigefinger an die Stirn, als wollte sie mir einen Vogel zeigen. Ihre Bärenohren wippten dazu.

»Okay. Danke«, sagte ich leise. Denn was hätte ich schon tun können? Gut, einem von denen hätte ich vors Schienbein treten können, einen anderen in die Wade beißen oder so … aber am Ende waren es doch zu viele, und die Verbrecher hätten sich nur über einen weiteren Gefangenen gefreut.

»Komm, wir müssen deinem Vater Bescheid sagen.«

Leonie krabbelte voran und ich hinterher. Es war natürlich richtig, Papa Bescheid zu sagen. Aber ob der uns eine große Hilfe sein würde, wagte ich zu bezweifeln. Mein Vater neigt in stressigen Situationen dazu, immer die falschen Entscheidungen zu treffen und noch mehr Unsinn anzustellen als üblich. Sein Gehirn arbeitet nicht richtig, wenn es hektisch wird oder mal richtig nachdenken muss. Wie damals zu

Weihnachten, als von der Kerze ein klein bisschen Wachs auf die Tischdecke tropfte. Papa hatte ziemlich überreagiert, weil er befürchtete, dass die Decke sich entzünden und das ganze Haus abfackeln könnte.

KAPITEL 23

Ein Plan muss her

Bob schnarchte weiter, aber Papa schoss innerhalb von einer Millisekunde aus dem Bett wie ein Schachtelteufel aus der Schachtel, kaum, dass ich ihm alles berichtet hatte.

»Papa, was ist mit deinem Rücken?«, fragte ich erstaunt.

»Seit heute Morgen geht es wieder. Aber weil Oma nach unten wollte, bin ich lieber liegen geblieben.«

Papa schnappte seine Hose und Schuhe und sah sich um. »Sag mal, weißt du, wo meine Unterhosen abgeblieben sind? Ich kann sie nirgends finden?«, fragte er, während ich damit begann, ihn vor mir her aus dem Zimmer zu schieben.

»Nee. Keine Ahnung«, log ich.

»Lass mich doch wenigstens die Hose anziehen …«, protestierte Papa, dessen eines Bein bereits in der Hose steckte.

»Wir haben keine Zeit für so was. Beeil dich.«

Wir scheuchten Papa vor uns her, und er war gezwungen, sich wie ein Känguru hüpfend anzuziehen.

Was Papa prima hinbekam. Er stürzte nur zweimal. Voll bekleidet und mit einer Beule auf seiner Stirn führten wir Papa durch die Gärten.

Wir krabbelten wieder unter das Fenster.

Unsere Familie saß immer noch gefesselt und geknebelt auf der Couch. Die Schurken vertrieben sich die Zeit mit einem Kartenspiel. Mau Mau, wenn mich nicht alles täuschte.

Nachdem sich auch Papa einen Überblick verschafft hatte, schlichen wir zurück zum Haus.

»Das ist übel. Sehr übel«, sagte Papa.

»Was sollen wir tun?«, fragte Leonie und goss uns allen ein großes Glas Wasser ein.

Papa setzte sich an den Küchentisch und begrub sein Gesicht in seinen Händen. »Okay, lasst uns nachdenken. Wir haben keine Waffen, und das ist auch gut so. Also müssen wir die Typen austricksen.«

Leonie und ich setzten uns an den Tisch und grübelten.

»Sagt einfach, was euch durch den Kopf geht«, verlangte Papa. »Es gibt keine schlechten Ideen!«

»Okay«, fing ich an. »Ich könnte durchs Fenster klettern und …«

»Schlechte Idee«, sagte Papa.

»Ich könnte mich als Pizzabote verkleiden und …«, schlug Leonie vor.

»Zu gefährlich«, entschied Papa.

Leonie zog eine Schnute und ließ sich beleidigt in ihren Stuhl fallen.

Papa knetete seine Lippe. »Wir müssen einen Weg finden, ohne euch in Gefahr zu bringen.«

Ich nahm einen Schluck Wasser und massierte meine Schläfen. Leonie ging ins Schlafzimmer und kam mit einer kleinen Papiertüte in der Hand zurück.

»Ihr seht so aus, als könntet ihr welche gebrauchen«, sagte sie und schüttete die Tüte aus. Rotweiß gestreifte Bonbons fielen auf den Tisch, die mir nur zu bekannt vorkamen.

»Ich hatte dir doch gesagt, dass ich deine geklauten …«

»Sind nicht geklaut«, unterbrach mich Leo und steckte sich eins in den Mund. »Kannst sie ganz beruhigt essen.«

Ich nahm mir gleich drei. Die Dinger waren süß und schmeckten nach Erdbeere. Herrlich. Man kann sagen, was man will, aber mit einem guten Bonbon im Mund, sieht die Welt gleich ein bisschen besser aus.

»Also wenn wir nicht reindürfen, müssen wir sie rauslocken«, schmatzte ich.

»Gute Idee! Aber wie kriegen wir sie raus?«, dachte Papa laut nach.

»Nichts einfacher als das! Wir fackeln das Haus ab«, schlug Leonie vor und pfefferte ihre kleine Faust auf den Tisch.

Ich wurde nervös. Denn Papa antwortete nicht sofort. Dachte er ernsthaft über ihren Vorschlag nach? Der Weg meines Vaters war mit Feuersbrünsten und Explosionen gepflastert, aber diese waren bislang immer versehentlich entstanden.

»Nein. Auf gar keinen Fall!«, sagte Papa, als er endlich seine bonbonverklebten Zähne auseinanderkriegte.

Wir grübelten weiter.

Leonie wippte mit ihren Beinen. Papa suchte Rat an der Zimmerdecke. Und ich musste lachen. Ich meine, wie unfassbar blöd, aber auch komisch war es, dass die Lösung nur ein paar Meter entfernt in Omas Bett schlief. Ein Polizist. Wenn uns jemand helfen könnte, dann ein Polizist.

»Warum lachst du so?«, fragte Leonie verständnislos. Und ich wurde ernst. Mir kam eine Idee. Eine gute.

»Wir haben Bobs Uniform.«

»Ja und?«, fragte Leonie.

»Damit können wir sie aufscheuchen. Wenn Papa die anzieht und an der Tür klingelt …«, rief ich.

Das war doch logisch. Wenn den Käsebiers ein Polizist begegnet, hieß es immer schnell Reißaus nehmen. Da quatschten wir nicht und fragten auch nicht weiter nach, da hauten wir alle ab. Egal wie und so schnell wie möglich. Auch wenn es nicht immer Sinn ergibt.

Papa rieb sich sein Kinn. Er hatte überhaupt keine Lust, an der Tür der Verbrecher zu klingeln. Aber ihm fiel auch nichts Besseres ein.

»Ja und dann? Was mache ich dann?«, fragte Papa.

Ich zögerte. Er hatte recht: Ein Polizist allein würde diese gefährlichen Verbrecher nicht in die Flucht schlagen können. Da brauchte es mehr Polizisten. Aber wir hatten nur eine Uniform. Ich warf mir noch zwei Bonbons in den Mund und marterte mein Hirn. Wir brauchen mehr Polizisten, haben aber nur eine Uniform. Manchmal half es mir weiter, wenn ich laut grübelte. Das macht zwar immer alle wahnsinnig, vor allem in der Schule, aber ich konnte klarer denken. Also begann ich, vor mich hin zu brabbeln.

»Wie kriegen wir es hin, dass Jimmy glaubt, es seien ganz viele Polizisten da? Wir haben nur eine Uniform.«

»Wir haben die Flüstertüte«, fiel Leonie ein. »Du weißt doch, die aus Officer Millers Polizeiauto. Vielleicht reicht es ja, wenn sie weitere *Polizisten* hören. Wir könnten da reinschreien und so tun, als ob wir alles umstellt hätten.«

Papa nickte langsam und bedächtig.

»Okay«, sagte er. »Aber warum soll ich an der Tür klingeln, wenn ihr im gleichen Moment durchs Megaphon schreit?«

Guter Einwand. Das machte wenig Sinn.

Leonie war sofort von ihrer eigenen Idee begeistert. »Brillant! Du musst gar nicht klingeln. Du zeigst dich nur vorne, so dass sie dich durchs Fenster sehen können. Vielleicht duckst du dich hinter einem Auto oder so. So, als würdest du auf der Lauer liegen. Und wir verstecken uns im Garten und rufen durch das

Megaphon! Wenn die glauben, dass sie umzingelt sind, werden sie mit Sicherheit abhauen.«

Papa war immer noch nicht restlos überzeugt. Aber da ihm nichts Besseres einfiel, willigte er schließlich ein.

Wir hatten einen Plan.

Jetzt brauchten wir nur noch die Uniform.

Über eine halbe Stunde benötigten wir, bis wir Bob entkleidet hatten. Bob war derart schwer und unförmig, dass wir ihm die Hose nicht einfach runterziehen konnten. Sein dicker Hintern und seine Baumstammbeine wogen tonnenschwer. Wir mussten seine dicken Beine einzeln in die Höhe stemmen und ihn immer wieder nach links und rechts rollen, bis er endlich nur noch in Unterwäsche im Bett lag.

Als Papa frisch umgezogen aus dem Bad kam, lachten wir uns schlapp. Er sah aus wie ein dreijähriges Kind, das in die Uniform seines Papas geschlüpft war. Die Jacke reichte ihm fast bis zu den Knien, und die Hose musste er mit beiden Händen festhalten.

»Ich brauche auf alle Fälle einen Gürtel«, stellte Papa fest.

»Gürtel haben wir nicht. Aber du kannst ein Seil haben«, sagte Leonie.

Papa war einverstanden und zog Bobs Schuhe an.

Ob ich ihm vom Fußpils erzählen sollte, der Bob so zu schaffen machte? Besser nicht. Leonie kam zurück und warf Papa ein Seil zu. Sie hatte auch das Megaphon dabei und begutachtete es. Als sie probehalber auf einen Knopf drückte, ertönte kurz eine ohrenbetäubende Sirene.

»Hoppala!« Leonie grinste. Sie hielt sich das Megaphon vor den Mund und sprach leise rein. Nichts geschah. Dann drückte sie einen Hebel nach unten und flüsterte erneut hinein.

Es schepperte »Eduard ist doof« aus der Flüstertüte, und Leonie grinste noch breiter. »Funktioniert einwandfrei!«

»Die Schuhe sind mir viel auch zu groß. Was für eine blöde Idee«, meckerte Papa. Aber er zog sich Bobs Polizeimütze tief ins Gesicht und trat auf die Straße.

Wir hatten verabredet, dass Papa genau fünf Minuten wartete, bevor er sich vor dem Haus der Schurken zeigen sollte. In der Zwischenzeit wollten wir hinter das Haus schleichen und damit beginnen, durch die Flüstertüte zu schreien.

Wir machten einen Uhrenvergleich.

»Bei mir ist es genau 16.00 Uhr«, sagte ich.

»9.15 Uhr«, sagte Papa.

»Ich habe keine Uhr«, sagte Leonie.

Damit war alles klar. Sicherheitshalber fasste ich den Plan noch mal zusammen.

»Gut, Punkt 16.05 Uhr, das heißt bei dir 9.20 Uhr, geht es los. Wir machen im Garten Alarm, und du tust so, als würdest du das Haus von der Straße aus überwachen. Pass nur auf, dass sie dich auch sehen.«

Und während Leonie, die das Megaphon trug, und ich zum Garten raushuschten, bezog Papa auf der Straße Stellung.

Die Gärten hinter den Häusern waren klein, aber zu unserem Glück nahezu alle verwildert. Nachdem wir einen Blick ins Haus der Verbrecher geworfen hatten – es war alles beim Alten –, gingen wir hinter einem Busch in Deckung. Ich sah auf meine Uhr. 16.05 Uhr! Ich griff zum Megaphon, aber Leonie ließ es nicht los.

»Was machst du?«, fragte ich. »Lass los.«

»Ich mache das«, sagte sie und führte das Mundstück an ihre Lippen.

»Achtung! Achtung!«, sagte sie. Das Megaphon quietschte und pfiff. »Mist. Eben hat es doch noch geklappt!«, fluchte Leonie. »Ah, da ist der Knopf. Achtung! Achtung! Hier spricht die Polizei!«

Gesichter tauchten hinter den Vorhängen auf. An allen Fenstern, nur nicht dort, wo wir es erwartet hatten. Beim Verbrecherhaus. Stattdessen drückten alle Nachbarn ihre Nase an den Scheiben platt und suchten nach der Quelle des Lärms.

»In Deckung«, zischte ich. Wie ließen uns auf den Boden plumpsen und wagten nicht, uns zu rühren.

»Mach weiter«, raunte ich Leonie zu.

»Hier spricht die Polizei«, quiekte Leonie.

»Tiefere Stimme. Tiefere Stimme. Du fiepst wie ein Hamster.«

Leonie räusperte sich. »Hier spricht die Polizei«, fuhr sie mit tieferer Stimme fort. »Ihr … äh … Haus ist umstellt. Kommen sie mit erhobenen Händen raus!«

Ich drückte ein paar Zweige zur Seite, um besser gucken zu können. Jimmys Gesicht tauchte endlich am Fenster auf. Dann erkannte ich die anderen Verbrecher. Sie waren aufgeregt und diskutierten. Dann sah ich nichts mehr. Sie hatten die Vorhänge zugezogen.

»Bleib hier. Ich schleiche näher ran!«, sagte ich zu Leonie.

Ich musste einfach wissen, was da vor sich ging. Ich huschte von Busch zu Busch und nutzte jede Deckung, bis ich endlich wieder unter dem Fenster lag. Es stand jetzt ein wenig offen, und durch einen Spalt des Vorhangs sah ich unsere Familie. Sie saßen immer noch gefesselt und geknebelt zusammengequetscht auf der Couch.

»Habt ihr die Bullen gerufen?«, fragte Jimmy böse und riss erst Onkel Harry und dann den anderen den Knebel aus dem Mund.

»Haben wir nicht! Natürlich nicht. Das würden wir doch nie tun!«, rief Harry. Er schwitzte vor Aufregung und hatte schon gigantische Flecken unter den Achseln.

»Wie auch?«, fragte Mama und zeigte ihre gefesselten Hände.

Da war was dran. Jimmy ließ von ihnen ab.

Der dritte Verbrecher kam hinzu. Er hatte gute Nachrichten für mich dabei.

»Vorne sind auch Bullen. Ich habe einen direkt gegenüber gesehen.«

»Verdammt! Wir sind umzingelt«, fluchte Jimmy.

»Was machen wir jetzt, Boss? Wir stecken fest. Es gibt keinen Fluchtweg.«

Ha. *Es gibt keinen Fluchtweg.* Ich lachte innerlich auf. Allerdings nur kurz. Denn es gab ja wirklich keinen Fluchtweg. Wir hatten sie eingekesselt. Zumindest mussten Jimmy und seine Kumpane das glauben.

Und natürlich haut man nicht einfach aus seiner Deckung ab, wenn man umzingelt ist. Ganz im Gegenteil. Man verschanzt sich, wird total nervös und begeht irgendeine Dummheit, wie zum Beispiel eine Geisel erschießen oder so. Wenn man jemanden aus seinem Versteck locken will, muss man ihm einen Fluchtweg anbieten. Und wir Trottel, wir Volltrottel, wir Dämlacks, wir Käsebiers hatten ihnen keinen offen gelassen.

Oder doch? Mein Hirn arbeitete auf Hochtouren. Meine Hände wurden schwitzig. Es gab eine Lösung.

Ich nahm all meinen Mut zusammen und presste mein Gesicht in den kleinen Spalt des Fensters. Ich machte Zischgeräusche, um Tante Emily auf mich aufmerksam zu machen. Die saß am Ende der Couch nur zwei Armweit von mir entfernt.

»Psst. Psst.« Aber sie reagierte nicht.

Ich suchte den Boden ab und fand ein Steinchen. Dann legte ich das Steinchen auf meinen Daumen und zielte genau auf Tante Emilys Kopf. Ich schnippte. Das Steinchen flog und traf.

Meine Tante erschrak und entdeckte mich. Ihr Mund stand offen, die Augen ploppten ihr fast aus den Höhlen.

»Der Tunnel«, flüsterte ich und zeigte abwärts. »Der Tunnel.«

Emily zuckte mit den Schultern. Sie kapierte nicht, was ich wollte.

»Der Tunnel. Sie sollen durch den Tunnel abhauen.«

Tante Emilys Gesicht erhellte sich. Sie hatte verstanden und zwinkerte mir zu.

»Ihr könntet durch unseren Tunnel abhauen«, schlug sie den Verbrechern vor.

Jimmy und seine Kumpanen dachten nach. Jimmy kratzte sich sein unrasiertes Kinn, und ich hielt die Augen geschlossen und hoffte.

»Bitte. Bitte. Flieht durch den Tunnel. Bitte. Bitte«, murmelte ich und drückte fest die Daumen.

»Geht nicht. Da passen wir nicht durch«, sagte der Verbrecher, der nicht durch den Tunnel gepasst und von Oma eine Ohrfeige bekommen hatte. Vermutete ich zumindest, denn mir war aufgefallen, dass seine rechte Wange leicht geschwollen war und er um Oma einen weiten Bogen machte.

»Den Schacht kann man leicht vergrößern. Das Werkzeug liegt noch im Tunnel«, sagte Onkel Harry.

Ich hätte ihn knutschen können.

In diesem Moment krakeelte Leonie wieder durchs Megaphon. »Wir haben Scharfschützen und Unscharfschützen postiert. Sie haben keine Chance. Kommen Sie mit erhobenen Händen raus. Moment! Stopp noch nicht!«

Leonie brach ab. Was war mit ihr los? Es quietschte kurz. »Bevor Sie rauskommen, werfen Sie erst noch alle Wertgegenstände aus dem Fenster und … Aua.« Leonie fluchte, rieb sich ihren Kopf genau zwischen den Bärenohren und schimpfte in Richtung einer alten Dame. Die Frau stand am Fenster und umklammerte ein Schmuckkästchen mit ihren Händen.

»Sie meine ich nicht«, rief Leonie. »Hören Sie auf, Sachen auf mich zu werfen, und machen Sie das Fenster zu!«

Die alte Dame verschwand, aber nicht ohne Leonie vorher noch einen Vogel zu zeigen.

Als ich wieder ins Haus lugte, warf Jimmy seinen Kumpanen gerade große, schwarze Taschen zu. »Packt so viel von der Beute in die Taschen wie möglich. Wir hauen durch den Tunnel ab!«

»Und was ist mit denen?«, fragte einer der Verbrecher. Er hielt eine Pistole in den Händen und zielte damit auf meine Oma. Was mir einen größeren Schreck einzujagen schien als ihr.

»Lasst sie hier sitzen«, entschied Jimmy.

»Aber, wenn sie uns verpfeifen …«

»Das ist jetzt auch nicht mehr wichtig. Los!« Jimmy scheuchte seine Helfer aus dem Zimmer.

Ich wartete einen kurzen Moment. Als das Megaphon wieder zu quäken begann, sprang ich auf. »Wir haben auch Pferde hier und gefährliche Hunde! Manche haben sogar eine Pistole!«

Ich winkte Leonie zu mir. »Die hauen durch den Tunnel ab. Das war meine Idee«, sagte ich stolz.

»Du hast die in unser Haus gelockt?«

»Ja«, sagte ich knapp.

In mir keimte das ungute Gefühl auf, dass meine Idee doch nicht so spitze gewesen sein könnte.

Leonie schlug sich die flache Hand vor die Stirn.

»Jetzt weiß Jimmy nicht nur, wo wir wohnen, sondern auch, wer wir sind. Wir haben doch unsere Sachen da. Und keine Ahnung, was die machen, wenn die Bob entdecken. Die müssen doch glauben, dass wir mit der Polizei unter einer Decke stecken.«

»Officer Miller liegt in Unterwäsche im Bett. Nichts deutet daraufhin, dass er ein Polizist ist. Und außerdem wollen die doch nur so schnell wie möglich abhauen. Die werden sich nicht groß umsehen.« Das hoffte ich zumindest.

»Wir sind bei der Mafia eingebrochen. Und die vergessen und verzeihen nie etwas. Oh, das ist nicht gut.« Leonie ließ sich auf ihr Hinterteil plumpsen. Sie war verzweifelt.

»Vielleicht kann Bob sie festnehmen.«

»Bob pennt. Und selbst wenn er wach wäre, würde sich Jimmy nicht von ihm festnehmen lassen.«

Bob sah wirklich nicht aus wie ein knallharter Bulle, der es mit der Mafia aufnehmen kann. Falschparker aufschreiben oder Kindern über die Straße helfen war eher seine Kragenweite.

»Und wenn wir sie festnehmen?«, fragte ich.

»Wie denn? Wir sind Kinder. Wir haben weder Pistolen noch Muskeln.«

»Aber wir haben Grips!«, sagte ich mit zittriger Stimme. »Komm mit! Schnell.«

Wir schlichen zur Verandatür des Verbrecherhauses. Sie war uralt und brüchig. Es war ein Leichtes für uns, sie aufzubrechen.

»Eduard!«, rief Mama. »Mach mich los.«

»Keine Zeit!«, flüsterte ich, und wir huschten weiter. Ich wollte einen Blick in den Keller werfen.

Von der Treppe aus beobachteten wir die Verbrecher, wie sie hektisch Geldbündel und Goldbarren in ihre Taschen stopften.

»O Mann, das ganze Gold«, stöhnte Leonie leise. Ihre Augen funkelten, und das gefiel mir gar nicht.

»Mach jetzt keinen Quatsch«, ermahnte ich sie.

»Hm, wenn wir nur eine Tasche von denen …«

»Vergiss es«, zischte ich. »Pass auf, du machst gleich Folgendes: Sobald der letzte Verbrecher im Tunnel verschwunden ist, rennst du runter und ziehst die Leiter zu dir hoch. Okay?«

»Warum?«, fragte Leonie überrascht.

»Vertrau mir und mach es einfach. Ach ja, und

schrei, wenn du die Leiter hast. Ganz laut«, sagte ich und wandte mich zum Gehen. »Ich muss los.«

Leonie hielt mich am Ärmel fest. »Wo willst du hin?«

»Nach drüben. Vertrau mir! Zieh die Leiter hoch und schrei, damit ich dich hören kann.«

Leonie kapierte immer noch nicht, welchen Plan ich hatte. Aber sie schien mir wirklich zu vertrauen, denn sie nickte. Ich riss mich los und raste zurück. Als ich an meiner Familie vorbei in den Garten flitzte, fluchten und drohten sie mir.

»Mach mich endlich los, oder ich nehme dich in den Schwitzkasten!«, brüllte mein Bruder.

»Gleich«, rief ich zurück.

Ich achtete längst nicht mehr auf Deckung. Mir war egal, ob mich die Nachbarn sahen. Ich drückte mich durch Büsche, kletterte über Zäune und sprang über Beete bis in unser Haus.

Immer drei Stufen auf einmal nehmend, lief ich die Treppen in den Keller runter. Ich stürzte, schlug mir die Knie auf und rappelte mich wieder hoch. Hektisch durchsuchte ich den Keller nach Werkzeug – einem großen Hammer, einer Axt oder einer Spitzhacke. Ich fand eine Schaufel. Immerhin. Damit musste es gehen. Ich krabbelte in den Tunnel, wartete und lauschte, und dann hörte ich die Verbrecher.

Ich hörte, wie sie gegen die Tunnelwände kloppten und wie sie Taschen über den Boden schleiften.

Gerade als ich mich zu fragen begann, ob Leonie abgehauen oder eingeschlafen war, ertönte ihr Schrei!

»Ich habe die Leiter! Die Leiter! Ich habe sie!«

Dann brüllten die Verbrecher los. Sie beschimpften Leonie. Ihren Flüchen nach zu urteilen, schnitt Leonie ihnen Grimassen und machte sich über sie lustig.

Gerade als ich die Schaufel packte und loslegen wollte, sah ich das Gesicht von Jimmy im Tunnel. Und er sah mich.

Jimmy stutzte nur kurz. Dann verzerrte sich sein Gesicht vor Wut, und er drosch wie ein Irrer auf die Tunnelwände ein, um schnell bei mir zu sein.

Ich hob die Schaufel und schlug gegen den Holzpfosten, der den Tunnel vor dem Einsturz bewahrte.

Der Pfosten blieb stehen.

Ich schlug noch mal zu und noch mal.

Der Pfosten rutschte. Sand, Steine und Dreck rieselten zu Boden, aber die Decke hielt.

Meine Muskeln schmerzten, mir lief Schweiß in die Augen, und meine Lunge brannte. Jimmy kam näher. Der Tunnel war schon viel breiter, und es würde nicht mehr lange dauern, bis Jimmy durchpasste.

Ich geriet in Panik und warf die Schaufel weg. Ich ging so weit zurück wie möglich, nahm Anlauf und schmiss mich mit Karacho gegen den Pfosten. Dabei knallte ich mit der Brust dagegen, und mir blieb die Luft weg. Jetzt wusste ich, wie sich eine Fliege fühlt, die an einer Windschutzscheibe klebt. Nicht gut.

Aber der Stützpfosten gab endlich nach. Wie in Zeitlupe kippte er langsam zur Seite, und ich kippte mit ihm. Ich sah Jimmys Gesicht. Er war fast durch. Er lächelte siegessicher. Allerdings nur kurz. Als er das Dröhnen hörte, erstarrte er.

Die Decke gab nach, und wie ein Hamster in seiner Höhle krabbelte ich superschnell aus dem Tunnel heraus und sprang in den Keller. Keinen Moment zu früh. Die Decke kam runter. Der Tunnel stürzte ein. Die Verbrecher waren gefangen!

Ich lag platt auf dem Boden. Keuchend wartete ich, bis ich wieder etwas zu Atem gekommen war, und sobald das Seitenstechen nachließ, rannte ich wieder durch die Gärten. Ich lief durch das Verbrecherwohnzimmer und an meiner immer noch gefesselten Familie vorbei. Wüste Verwünschungen begleiteten mich runter in den Keller.

Wie erwartet veralberte Leonie die Verbrecher immer noch. Sie saß vor dem Loch, ihre Beine baumelten in den Tunnel hinunter, und sie ließ ganz langsam Spucke aus ihrem Mund tropfen.

»Hör auf damit! Das ist eklig!«, beschwerte sich Jimmy.

Als Leonie mich sah, zog sie die Spucke freundlicherweise wieder hoch. Sie grinste über beide Backen. Auch ich konnte mir ein Grinsen nicht verkneifen. Die Verbrecher waren durch den Einsturz des Tunnels total verdreckt. Sie waren schwarz wie die Erde um sie herum. Komplett eingestaubt. Man konnte sie kaum auseinanderhalten, wie sie da so dichtgedrängt aufeinanderhockten und zu uns hoch blinzelten.

Nur an seiner Stimme erkannte ich Jimmy.

»Hört mal zu, ihr zwei«, sprach er uns an. Er versuchte, ruhig zu wirken. Freundlich. Aber seine Stimme zitterte vor Wut. »Ich mache euch jetzt einen Vorschlag. Ihr lasst uns raus, und wir lassen euch am Leben! Was meint ihr?«

»Nö. Ich will auch noch eine Tasche voll Gold«, feixte Leonie.

Der Typ, den ich für Jimmy hielt, sprang nach oben und versuchte, Leonies Beine zu packen. Die zog ihre Füße blitzschnell ein und lachte. »Wieder nichts! Ich bin einfach zu schnell für euch.« Sie streckte den Gangstern die Zunge raus und machte Furzgeräusche.

Die Verbrecher stießen Verwünschungen aus. Ich hatte genug von ihnen.

»Lass uns den Tunneleingang verschließen und abhauen«, sagte ich.

Im Keller standen Stahlschränke an den Wänden. Wir kippten einen von ihnen um und schoben ihn über das Loch im Boden. Damit die Verbrecher Luft bekamen, ließen wir einen kleinen Spalt frei. Dann liefen wir wieder nach oben, wo meine Mutter mich wenig begeistert begrüßte.

»Ah, schau an, wer sich die Ehre gibt! Wenn du jetzt wieder an uns vorbeiläufst und uns hier sitzen lässt, flippe ich aus, Eduard. Mach uns los!«, sagte sie. Erst jetzt fiel mir auf, dass Jimmy und seine Kollegen meiner Familie auch die Füße gefesselt hatten. Mama drehte ihren Rücken zu mir und präsentierte mir ihre zusammengebundenen Arme. »Befrei meine Hände, den Rest erledige ich.«

»Wo sind Jimmy und die anderen?«, fragte Harry ängstlich.

»Die haben wir gefangen«, triumphierte Leonie.

»Echt?«, staunte mein Bruder.

»Wir sind wirklich superstolz auf euch. Aber bitte, knote jetzt meine Fesseln auf«, sagte Mama.

»Komm, Leonie, und du meine«, bat Tante Emily. »Wir müssen so schnell wie möglich von hier verschwinden. Ihr habt ein Mordstheater veranstaltet.«

Ich beugte mich zu meiner Mutter runter, um ihr zu

helfen, aber Leonie zog mich zurück. »Bevor wir alle die Flucht ergreifen und aus New York verschwinden, haben Eduard und ich noch etwas Wichtiges zu erledigen. Nicht wahr?«

Damit hatte ich nicht gerechnet.

»Wirklich? Nach all dem, was heute passiert ist?«, fragte ich.

»Aber hallo! Jetzt erst recht«, fand Leonie.

Mama wurde unruhig. Sie blickte von Leonie zu mir und wieder zurück. Als würde sie ein Tennisspiel beobachten.

»Wenn ihr uns hier gefesselt sitzen lasst, dann wirst du gewaltigen Ärger kriegen!«, drohte Mama. Sie starrte mir so böse in die Augen, dass meine Knie ganz weich wurden.

»Ja Leonie, mein Schatz. Ich muss auch mal aufs Klo«, säuselte Onkel Harry. »Lass uns bitte hier nicht sitzen.«

»Okay!«, stöhnte Leonie und befreite meinen Bruder.

»Danke«, sagte der und massierte seine wundgescheuerten Handgelenke.

»Kein Ding! Während Franz alle Fesseln löst, verschwinden Eduard und ich kurz. Wir sehen uns dann später wieder.«

Was für eine geniale Idee, dachte ich. Bis Franz den

Rest der Familie befreit hatte, waren wir längst über alle Berge. Wenn nicht sogar schon wieder zurück. Mein Bruder hat zwei linke Hände mit zehn Daumen dran. Der kriegt kein Trinkpäcken auf, ohne dass er sich anschließend umziehen muss.

KAPITEL 24

Auf hoher See

Als wir in See stachen, ging am Horizont bereits die Sonne unter. Die Freiheitsstatue vor uns leuchtete so rot wie Leonie. Die hatte ich wieder in signalrote Schwimmärmchen, Schwimmnudeln und Schwimmreifen verpackt und vor mir ins Boot gesetzt. Der Wind wehte sacht und aus der richtigen Richtung. Ich hielt das Ruder fest. Wir sprachen kein Wort, während wir langsam Richtung Freiheitsstatue segelten und den Lärm der Stadt hinter uns ließen. Obwohl ich erschöpft und hundemüde war, kribbelten meine Fingerspitzen vor Aufregung. Einerseits weil ich befürchtete, wir könnten mit unserem Boot Schiffbruch erleiden, und andererseits wegen der Schatzsuche. Gab es etwas Spannenderes? Ich dachte schon darüber nach, was ich mir als Erstes zulegen würde.

Ein Computer wäre super oder eine Spielkonsole. Ich könnte mir auch Süßigkeiten kaufen. So viele Süßigkeiten, dass ich mich jeden Tag bis zum Ende meines Lebens mit Schokolade vollstopfen konnte. Oder ich kaufte mir ein supergutes Mountainbike.

Wieso *oder?*, dachte ich. Ich kaufe mir alles. Alles, was ich will, und noch viel mehr. Ich stopfe mein Zimmer bis unter die Decke voll mit Dingen, die ich mir schon immer gewünscht hatte!

Noch bevor wir die Insel *Liberty Island* erreichten, war die Sonne komplett verschwunden. Es wurde schlagartig dunkel. Glücklicherweise wird die Freiheitsstatue beleuchtet, und wir sahen sie klar und deutlich. Was man von unserem Boot nicht sagen konnte. Darum befestigte ich erst einmal Bobs Taschenlampe am Mast, bevor wir weitersegelten. Rechts und links überholten uns Motorboote. Wir erschraken jedes Mal, weil wir befürchteten, es könnte die Küstenwache sein. Aber alle Schiffe ließen uns in Ruhe. Manche Kapitäne schimpften, andere winkten, aber niemand hielt uns von der Weiterfahrt ab.

Der Wind nahm zu und mit ihm der Wellengang. Vor uns wogte die Freiheitsstatue auf und ab, als hüpfe sie auf einem Trampolin. Leonie krallte sich am Boot fest. Ihre Fingerknöchel waren weiß, und sie zitterte.

»Geht es dir gut? Alles okay?«, rief ich fragend nach vorne.

»Ja, ja. Segel schneller!«, antwortete Leonie, ohne sich umzudrehen.

»Ich versuche es.« Ich drehte am Ruder, bis Papas

Unterhosen voll aufgeblasen über uns schwebten. Das Boot neigte sich zur Seite, und wir gewannen an Fahrt. Erstaunlich viel Fahrt. Die Insel rückte immer näher.

Wo war bei so einem Segelboot eigentlich die Bremse?

Ich zog das Ruder an, und sofort geriet unsere Nussschale ins Schlingern. Das Ufer kam trotzdem immer näher. Und es war kein schöner Sandstrand oder so. Liberty Island war von einer Mauer umzäunt, und vor der Mauer hatte man Schutt aufgeschüttet. Riesige schwarze, spitze Felsbrocken, die unser Boot jeden Moment in Fetzen reißen konnten.

Dann entdeckte ich einen Steg, der links von der Insel weit ins Meer führte. Ich hielt auf ihn zu. Wir segelten an der Insel vorbei, und der rettende Steg war nicht mehr weit. Ich riss unser Unterhosensegel vom Mast, damit wir langsamer würden. Das Boot schwankte. Ich klammerte mich an der Reling fest, um nicht über Bord zu gehen.

Es funktionierte! Wir trieben jetzt ganz gemächlich auf den Steg zu, der nur noch weniger Meter von uns entfernt war. Allerdings ragte er wie eine unüberwindliche schwarze Wand aus dem Wasser auf. Der Steg war aus massiven Holzstämmen gebaut und so hoch, dass selbst große Passagierschiffe an ihm anlegen konnten. Wellen brachen sich schäumend an seinen Pfosten. Also riss ich wieder am Ruder, und unser Boot drehte sich zur Seite. Wir fuhren jetzt neben dem Kai her Richtung Ufer. Dann drückte uns eine monströse Welle dagegen, und wir schrammten am Steg entlang, klatschten dabei gegen jeden einzelnen Pfosten und wurden hin und her geschleudert. Aber wir wurden wieder langsamer, und irgendwann stoppten wir. Wir schoben uns am Steg entlang vorwärts bis zur ersten Leiter. Ich band unser Boot daran fest und wickelte Leonie aus.

»Dann wollen wir mal«, sagte sie und flitzte die Leiter hoch. Oben angekommen rief sie: »Wirf mir meine Tasche hoch.«

Ich schleuderte sie Richtung Himmel und kletterte hinterher. Dann schlichen wir weiter und versuchten, so gut wie möglich im Dunkel zu bleiben. Wir kletterten auf den Sockel und standen endlich am Fuß der Statue.

Das stolze Gesicht über uns, reckte sie ihre Fackel hoch in den Nachthimmel. »Hierher!«, rief Leonie und riss mich aus meinen Gedanken.

Leonie lief am Haupteingang vorbei. Ich hatte Mühe, ihr zu folgen, denn ich war ziemlich erledigt. Der Tag war ja wirklich alles andere als ruhig und entspannt gewesen.

Leonie hielt vor einer kleinen Stahltür, auf der ein Schild klebte. »Nur für Personal« stand darauf.

»Da gehen wir rein«, sagte sie.

Ich rüttelte an der Tür. Sie war fest verschlossen, aber nicht so fest, dass man sie nicht öffnen könnte. Ich wühlte in Leonies Tasche und suchte nach einem Brecheisen, mit dem wir die Tür knacken konnten. Leider fand ich nur eine Thermoskanne und eine Plastikdose. Ich steckte alles wieder zurück.

»Wir haben kein Brecheisen«, stellte ich fest.

»Brauchen wir auch nicht!« Leonie reckte mir stolz einen ziemlich alten, großen Schlüssel entgegen.

»Du hast einen Schlüssel?«, fragte ich baff.

»Von Mama. Ein Geschenk.«

»Warum hast du mir nichts davon erzählt?«, fragte ich. Ich muss zugeben, ich war etwas beleidigt. Und das bemerkte Leonie auch. Es interessierte sie nur nicht sonderlich. Sie zuckte mit den Schultern.

»Ich wusste nicht, ob ich dir trauen kann. Ich hatte Angst, du klaust mir den Schlüssel und reißt dir den Schatz selber unter den Nagel.«

»Ich bin ehrlich geworden!«, sagte ich. Langsam nervte es, dass mich keiner richtig ernst nahm.

»Kann sein. Vielleicht ist es aber auch nur ein genialer Trick von dir, um mich in Sicherheit zu wiegen und dann eiskalt zuzuschlagen.«

Mir tat Leonie leid. Das Schlimmste am Leben eines Verbrechers ist nämlich, dass Verbrechen einen verrückt machen können. Manche Verbrecher fangen an, Gespenster zu sehen. Sie vermuten überall Verschwörungen und Verrat und misstrauen jedem anderen Menschen. Wirklich jedem. Wie man an meiner Familie sieht. Selbst meine eigene Cousine traute mir nicht über den Weg. Traurig war das. Einfach nur traurig.

Leonie schloss die Tür auf, und kühle Luft strömte uns entgegen. Ich schaltete die Taschenlampe an. Wir befanden uns in einem Flur. Leonie hielt sich gar nicht lange auf. Sie lief zielsicher durch den Fuß der Statue, und ich folgte ihr seufzend. Wir bogen zweimal ab und standen vor einem riesigen Treppenhaus. Also waren wir jetzt mitten in der Statue. Die Treppen schlängelten sich wie eine Spirale scheinbar kilometerhoch, und wir konnten fast bis in den Kopf der alten Lady schauen. Stahlträger zogen sich kreuz und quer durch den gigantischen Raum.

Ich stöhnte. Die Vorstellung, mich diese unzähligen Treppen hochzuschleppen, schmerzte schon jetzt in meinen Beinen.

»Wir haben es gleich geschafft«, tröstete mich Leonie. Sie hielt mir den Strahl ihrer Taschenlampe ins Gesicht, rief: »Wer als Erster oben ist!« und raste los.

Natürlich gewann sie. Glasklar. Als ich endlich oben war, hockte Leonie auf allen vieren auf dem Boden. Sie hielt einen Schraubendreher in ihrer Hand und machte sich an einem kleinen Blech zu schaffen. Schatz hin oder her, ich ließ mich auf meine vier Buchstaben fallen und versuchte erst mal, wieder zu Kräften zu kommen.

Leonie rackerte sich ab. Mit beiden Händen versuchte sie, eine Schraube zu lösen. Die war mit Lack überzogen worden und bewegte sich kein Stück.

»Lass mal den Profi da ran«, sagte ich nach ein paar Minuten.

Ich schnappte den Schraubendreher, aber selbst ich brauchte Ewigkeiten, um das kleine Biest zu lockern. Jeder Muskel in meinen Händen tat weh, und ich bekam meine Finger kaum noch auseinander, weil ich den Schraubendreher so fest umklammerte, aber die Schraube, die letzte Hürde, die uns noch von unserem Schatz trennte, löste sich langsam. Millimeter für Millimeter drehte ich weiter. Als die Schraube klingelnd auf dem Boden landete, schubste mich Leonie zur Seite.

»Hey!«, meckerte ich.

Leonie bog das Blech nach unten und rüttelte daran, bis es lose war. Dann legte sie es achtlos zur Seite.

Meine Aufregung wuchs. Im Boden tat sich ein

Hohlraum auf, kaum größer als eine Schuhschachtel. Und in dem Loch lag … nichts.

»Das ist ja leer!«, rief ich enttäuscht. Ich konnte geradezu hören, wie meine Träume von einem neuen Fahrrad oder Schokolade bis zum Abwinken in diesem Augenblick zerplatzten.

Aber da steckte Leonie ihre dünnen Ärmchen in das Loch und tastete es ab. Auf einmal strahlte sie und juchzte.

»Was ist? Hast du den Schatz? Sind wir reich?«

»Ja und nein«, sagte sie und zog ihre Hände aus dem Loch. Sie hielt ein Foto in ihren Händen, das sie selig betrachtete und dann küsste, bevor sie das Bild fest an ihre Brust drückte.

»Was ist das? Ist das ein Foto? Ist es berühmt und viel Geld wert?«, rief ich.

Leonie betrachtete das Foto wieder mit leuchtenden Augen. Dicke Tränen kullerten ihre Wangen hinunter. Aber es schienen Glückstränen zu sein, denn Leonie lächelte.

»Das ist meine Mama«, sagte sie und hielt mir das Bild hin. Ich wollte es nehmen, aber Leonie zog es schnell wieder weg. »Nur gucken.«

»Das ist der Schatz?«, fragte ich baff. Ich begriff langsam, dass Leonie mich reingelegt hatte. Es gab keinen Schatz.

»Für mich schon«, sagte Leonie. Sie strahlte so glücklich, dass ich ihr nicht böse sein konnte. Es gab keinen Schatz, und es hatte auch nie einen gegeben. Zumindest keinen, den man zu Geld machen konnte.

Leonie stand auf. Sie schnappte sich ihre Tasche und winkte mir, damit ich folgte. Wir kletterten weiter nach oben und griffen nach einem Stahlträger. Jetzt waren wir genau unter der Schädeldecke von Lady Liberty. Wir schwangen uns weiter, und Leonie öffnete eine kleine Klappe, die nach draußen führte. Ich sah Sterne und den Mond.

Wir kletterten hinaus. Mir stockte der Atem, und meine Knie wurden ein bisschen weich. Wir waren so weit oben und konnten uns nirgends festhalten. Als würden wir auf dem schiefen Dach eines Hochhauses rumturnen. Aber es war auch einfach unglaublich aufregend und wunderschön. Wir setzten uns an den Rand, ließen die Füße herunterbaumeln und schwiegen. Ich konnte es nicht glauben. Wir saßen mitten in der Nacht auf dem Kopf der Freiheitsstatue. New York lag uns zu Füßen. Wir waren umringt von Lichtern. Millionen Lichter, die sich trillionenfach im dunklen Meer spiegelten.

Wie aus einer fernen, fremden Welt drangen ganz leise die Geräusche der Stadt zu uns.

Es war großartig. Aber auch so unglaublich, dass ich mich zwicken musste.

Autsch.

Nein, ich träumte nicht.

Leonie öffnete ihre Tasche und holte die Thermoskanne und die Plastikdose heraus. Sie schüttete Kakao in die Tasse und öffnete die Dose. Es waren Schokokekse drin. Leonie hielt sie mir unter die Nase, und ich verspeiste genüsslich einen davon.

»Kakao?« Leonie bot mir ihre Tasse an.

»Danke.« Ich nahm einen Schluck. Der Kakao war schon etwas abgekühlt, aber immer noch köstlich. Süß und cremig und schokoladig.

»Damals hatten wir auch Kakao dabei und haben Kekse gegessen«, sagte Leonie und mampfte einen weiteren Keks. »Bist du böse auf mich?«, fragte sie.

Ich dachte kurz über ihre Frage nach, bevor ich den Kopf schüttelte. »Nein.«

»Weißt du, ich habe kein Foto von meiner Mutter. Deshalb war mir das hier so wichtig.«

Das konnte ich nur zu gut verstehen.

»Meine Mutter und ich haben es versteckt, als wir damals zusammen hier waren. Selbst Papa weiß nichts davon. Er wäre bestimmt dagegen gewesen, das Bild zu verstecken, weil er Angst gehabt hätte, erwischt zu werden.«

»Verständlich«, musste ich zugegen. Denn die Verbrecherregel Nummer 1 bei Einbrüchen lautete: Hinterlasse kein Foto von dir am Tatort

Leonie legte sich platt auf den Rücken, verschränkte die Arme hinter ihrem Kopf und beobachtete die Sterne.

»Aber Mama wollte das unbedingt. Sie liebte die Statue so sehr. Und sie fand es lustig und aufregend, ein Foto zu verstecken. ›Das ist unser Geheimnis‹, hatte sie immer gesagt. Und jedes Mal, wenn wir die

Freiheitsstaue im Fernsehen sahen, mussten wir grinsen und kichern. Papa hat uns jedes Mal für bekloppt erklärt.«

Leonie kicherte.

Der Wind nahm zu und pfiff uns ungemütlich um die Ohren.

»Wir sollten wieder los«, sagte ich. Schwarze Wolken zogen auf und verdeckten den Mond.

»Du hast recht.« Leonie setzte sich auf.

Als wir wieder im Inneren der Statue waren, hielt ich Leonie fest, bevor sie die Treppen runterrennen konnte.

»Was hältst du davon, wenn wir etwas von uns hier verstecken?«

Ich zeigte auf das Loch im Boden.

»Super Idee!«, rief Leonie.

Ich klopfte meine Taschen ab und fand zwei Bonbons von heute Nachmittag und eine Büroklammer. Leonie legte einen Kuli, eine blaue Murmel und die angeblich französische Schatzkarte auf den Boden.

»Dann ist das auch keine Schatzkarte, oder?«, fragte ich, als ich den alten Zettel sah.

Leonie lachte. »Nee, das ist ein Rezept für Käsekuchen. Hab ich in der alten, stillgelegten Bäckerei bei uns im Haus gefunden. Die Vorbesitzer der Bäckerei kamen wohl aus Frankreich.«

Ich schnappte mir ein Bonbon und wickelte es aus. Mit dem Kuli schrieb ich *Eduard war hier!* auf das Bonbonpapier. Dann legte ich es mit der Büroklammer in das Loch. Auch Leonie packte ein Bonbon aus, schrieb etwas aufs Papier und versteckte es in unserem Geheimfach.

»Was hast du draufgeschrieben?«, wollte ich wissen.

»Verrate ich nicht.« Leonie hielt das Blech über das Loch und nickte mir lächelnd zu. »Schraub.«

KAPITEL 25

Auf Wiedersehen, New York

Als wir zurück im Haus der Cheesebeers waren, holten wir uns das Donnerwetter von unseren Eltern ab. Sie schimpften, fluchten und drohten und wollten unbedingt wissen, wo wir gewesen waren.

Wir hielten jedoch die Klappe und verrieten nichts.

Unser Abenteuer auf der Freiheitsstatue war unser Geheimnis und würde es auch bleiben.

Nachdem wir unsere paar Habseligkeiten gepackt und die Wohnung von unseren Fingerabdrücken gereinigt hatten, kratzten wir unser letztes Geld zusammen und riefen ein Taxi.

Unser Aufbruch verlief wie immer schnell und professionell. Im Hastig-Abhauen, weil mal wieder alles schiefgelaufen ist, sind wir Käsebiers spitze. Weltspitze.

Wir verabschiedeten uns nur kurz von den Cheesebeers. Meine Eltern waren sauer auf Onkel Harry. Es gab keinen Reichtum, und der Urlaub war auch keiner gewesen. Aber ich umarmte Leonie, und die ließ sich das sogar gefallen.

»Wir bleiben in Kontakt?«, fragte ich.

»Auf jeden Fall«, sagte sie.

Dann drückte sie mich noch einmal.

»Vielen Dank für alles«, flüsterte sie mir ins Ohr, bevor sie ins Cheesemobil hüpfte.

»So, ihr lieben Pipapollotischs oder so ähnlich – auf zum Flughafen!«, rief Papa, als das gelbe Taxi vor uns hielt.

Jimmy und die anderen Verbrecher überließen wir Bob. Wir hatten ihm einen Zettel mit Informationen und den Schlüssel zur Galerie auf seine Uniform gelegt. Er musste nur noch nach nebenan marschieren und die Gaunerbande einsammeln.

Ob er es getan hat?

Oh, ganz sicher. Leonie hat mir später ein Foto gemailt.

Und selbst, wenn Sie mir nicht glauben, Frau Staubbrüller, und mir wieder eine Fünf geben, dies waren meine Sommerferien.

Hast Du den ersten Band von
Allein unter Dieben verpasst?

Dann solltest du
Allein unter Dieben –
Meine verrückte Verbrecherfamilie und ich
unbedingt lesen!

Auch ein mieses Zuhause ist ein Zuhause!

Kinderheime? Ein alter Hut für Kalle! Schließlich hat er bereits 136 von innen gesehen – und auf dem schnellsten Weg wieder verlassen. Er sucht keine Adoptiveltern, sondern seinen verschwundenen Bruder. Im »Kaff der guten Hoffnung« wird er nun endlich eine Spur finden, da ist sich Kalle sicher. Doch zunächst stößt er auf einen hinterhältigen Grafen, der die Stadt – und damit auch das Waisenhaus – in eine Wellness-Oase verwandeln will. Und er trifft auf drei Kinder, die vielleicht seine Freunde sein könnten. Gemeinsam wollen sie das Waisenhaus retten – jetzt erst recht!

Kai Lüftner
Das Kaff der guten Hoffnung – Jetzt erst recht!
Mit Bildern von
Dominik Rupp
208 Seiten, gebunden

Böse – böser – Mr Gum

Andy Stanton
Sie sind ein schlechter Mensch, Mr Gum!
200 Seiten, gebunden

Andy Stanton
Mr Gum und der Mürbekeksmilliardär
200 Seiten, gebunden

Andy Stanton
Der entsetzliche Mr Gum und die Kobolde
216 Seiten, gebunden

Andy Stanton
Mr Gum und die Kristalle des Unheils
220 Seiten, gebunden

Das gesamte Programm gibt es unter
www.fischerverlage.de

fi 666 078 / 2 / a

fi 666 078 / 2 / b